离骚

帝高阳之苗裔兮，朕皇考曰伯庸。
摄提贞于孟陬兮，惟庚寅吾以降。
皇览揆余初度兮，肇锡余以嘉名：
名余曰正则兮，字余曰灵均。

注释

帝高阳：始生之祖称帝。王逸《楚辞章句》分析说：『德合天地称帝。』又说：『高阳，颛顼有天下之号也。《帝系》曰：「颛顼娶于滕隍氏女而生老僮，是为楚先。其后，熊绎事周成王，封为楚子。居于丹阳。周幽王时生若敖，奄征南海，北至江汉。其孙武王求尊爵于周，周不与，遂僭号称王，始都于郢。是时生子瑕，受屈为客卿，因以为氏。」屈原自道本与君同祖，俱出颛顼胤（yìn 印）末之子孙，是恩深而义厚也。』高阳是远古楚王颛顼的称号；帝高阳即高阳帝，指颛顼（zhuān xū 专须）帝。因此，颛顼帝高阳是楚民族的远祖，也是屈原的远祖，屈原便以帝高阳之苗裔自称。

苗裔：子孙后代。《史记·楚世家》记载：『楚之先出自帝颛顼高阳。』朱熹《楚辞集注》：『苗裔（yì 义），远孙也。苗者，草之茎叶，根所生也。裔者，衣裙之末，衣之余也。故以为远末子孙之称也』。《说文》衣部解『裔』为『衣裾也。』颜师古注《汉书·艺文志》认为：『裔，衣末也。』按照古代传说的说法，楚国国君是颛顼帝的后代。春秋时楚武王熊通的儿子名字叫瑕（xiá 侠），受封在屈地，就把屈作为自己的姓氏。屈原就是屈瑕的后代。所以他自称为『帝高阳之苗裔』。

兮（xī 希）：句尾语气助词，古音读『啊』，有感叹的意思。《说文》曰『兮，语所稽也。』游国恩《离骚纂义》认为『兮』字乃『古诗赋用为句中或句末少住之词；而楚辞则每句或间句用之，或位句中，或在句末，自是骚体之辞式以定。』『兮』字用在句中或句末表示语气上的停顿，有助于形成诗歌的节奏。

朕（zhèn 振）：我。远古时期人们都自称为朕，至秦始皇后，朕才成为帝王自称的专用名词。《尔雅·释诂下》曰『朕，我也。』郭璞注：『古者贵贱皆自称朕。』于省吾《楚辞新证》认为先秦金文及文献中的『朕』字均作『我的』解。

皇考：皇，美也，有光荣、伟大的意思。考，父亲死后的称谓。皇考这里用来尊称死去的父亲，意为英明伟大的父亲。

伯庸：屈原父亲的字。王逸《楚辞章句》考辨说：『伯庸，字也。屈原言我父伯庸，体有美德，以忠辅楚，世有令名，以及于己。』伯庸是楚先帝熊渠的长子。

摄提：即寅年。朱熹《楚辞集注》：『摄提，星名。随斗柄以指十二星辰者也。』『太岁在寅日摄提格。』古代根据木星（即岁星）的运行来纪年，木星绕太阳转一周为十二年，用十二地支来表示，摄提格就表示岁星在寅年。

贞：正也，正当正对的意思。

孟陬：即正月，一年的开始。孟，开始。陬（zōu 邹）：正月的别名。王逸《楚辞章句》考辨说：『正月为陬。』王船山《楚辞通释》指出：『孟春之月曰陬月。』

惟：句首语气助词，无意。

庚寅：战国时用支纪日。蒋骥《山带阁注楚辞·楚辞馀论》指出：『朱子以摄提为星名，驳王氏太岁在寅之说。吴郡顾宁人（即炎武）非之曰，既叙星辰，岂有置年止言月日之理。余按顾说良是。』钱杲（gǎo 告）之《离骚集传》指出：『原自以为寅岁、寅月寅日而生，若有祯祥然。』后人据此对屈原的出生时间做了种种推测。浦江清《屈原生年月日的推算问题》认为屈原的出生时间为楚威王元年（公元前 339 年）正月十四日（《历史研究》1954 年第 1 期）；

郭沫若《屈原研究》认为是楚宣王三十年（公元前340年）正月初七；邹汉勋、刘师培认为是楚宣王二十七年（公元前343年）正月二十一日，陈旸认为是同年正月二十二；胡念贻《屈原生年新考》认为是楚宣王十七年（公元前353年）正月二十二日或正月二十三日（《文史》第5辑）；汤炳正《楚辞讲座》认为是公元前342年夏历正月二十六日庚寅；张中一《屈原新考》认为是公元前342年正月初七凌晨。我们基本赞同汤炳正和张中一的看法，屈原的出生年是公元前342年。

降：降生、出生。王逸《楚辞章句》考辨说：「降，下也。……寅为阳正，故男始生而立于寅。庚为阴正，故女始生而立于庚。言己以太岁在寅正月始春庚寅之日，下母之体而生，得阴阳之正中也。」

皇：这里的皇为皇考的省略。王船山《楚辞通释》指出：「皇，皇考省文。」

览：观察。

揆（kuí魁）：衡量、揣测。朱熹《楚辞集注》认为：「揆，度也。」

余：我，古代表示第一人称。

初度：幼时的仪容、风度。钱杲之《离骚集传》指出：「初度，谓幼时态度也。」

肇（zhào照）：开始，一种说法认为「肇」是「兆」的假借字，是卜兆的意思。刘向《九叹·离世》曰「兆出名曰正则兮，卦发字曰灵均。」陈直《楚辞拾遗》、闻一多《楚辞解诂》据此认为，肇是兆的假借字，屈原之名得自在皇考之庙的卜筮。

锡：同「赐」，赐予的意思。

嘉名：美好的名字。嘉有美、善之义。根据古代文献记载，古人多有到祖庙占卜吉凶，为孩子取名的做法。如《礼

记·内则》指出：「凡父在，孙见于祖，祖亦名之。」《史记·日者列传》中楚人司马季主曾说：「产子，必先占吉凶，后乃有之。」《白虎通·姓名篇》更明确指出：「故《礼服传》曰『子生三月，则父名之于祖庙。』于祖庙者，谓子之亲庙也，明当为宗庙主也。」王逸《楚辞章句》考辨说：「言己美父伯庸观我始生年时，度其日月，皆合天地之正中，故赐我以美善之名也。」

名：命名，起名，这里是名词动用。

正则：屈原名平，这里的「正则」和下文的「灵均」都暗含屈原名和字的原意，但并非屈原的本名和本字。「正则」意为公平的法则，有「平」之义（屈原名平）。「灵均」意为美好的平地，含有「原」的意思。洪兴祖《楚辞补注》指出：「正则以释平之义，灵均以释原之义。……《礼记》曰：『三月之末，……父执子之右手，咳而名之。』又曰，『即冠以字之，成人之道也。』」朱熹《楚辞集注》认为：「高平曰原，故名平而字原也。正则、灵均各释其义，以为美称耳。《礼》曰：『子生三月，父亲名之』『二十则使宾友冠而字之。』」游国恩《离骚纂义》指出：「然则正则灵均之隐喻可知也，且古人名字，义取相近。……战国时若庄生之书造作名号，而阴寓其意者多矣。正则灵均盖其类耳。」王船山《楚辞通释》释「灵」为善，认为这是地之善而平者也，并指出屈原不直接讲明自己的名字，是「隐其名而取其义，以属辞赋体然也。」

灵均：屈原以此释自己的字。王逸《楚辞章句》考辨说：「灵，神也。均，调也。言正平可法则者，莫过于天。养物均调者，莫神于地。高平曰原，故父伯庸名我为平，以法天；字我为原，以法地。言己上之能安君，下之能养民也。

《礼》曰：子生三月，父亲名之。既冠而字之。名者，所以正形体，定志意也。字者，所以崇仁义，序长幼也。夫人非不荣，非字不彰。故子生，父思善应而名字之。以表其德，观其志也。」

纷吾既有此内美兮，又重之以修能。

扈江离与辟芷兮，纫秋兰以为佩。

汩余若将不及兮，恐年岁之不吾与。

朝搴阰之木兰兮，夕揽洲之宿莽。

注释

纷：多、丰盛的意思，在句子中作状语，修饰「内美」，强调「内美」的丰盛众多。把它提到主语之前是楚辞中常见的状语前置的用法，也是楚地方言的习惯用法。

内美：内在的美，指先天具有的良好的素质，这里承上文所言之家世、生日和嘉名，所以说内美众多。正如朱熹《楚辞集注》所说，「生得日月之良，是天赋我美质于内也。」汪瑗（yuán 原）《楚辞集解》曰「内美总言上二章祖、父、家世之美，日月生时之美，所取名字之美，故曰纷其盛也。」

重（chóng 虫）之：加上、复加的意思。洪兴祖《楚辞补注》指出：「重，再也，非轻重之重。」

以：有。

修能（tài 太）：指修饰自己的容貌形态。下文的佩戴香花、香草，也是用来象征修饰自己的才能。朱骏声《楚辞补注》认为：「能，读为态，资有余也。」「修能」一词也有解作美好的才能的，用后天努力获得的才能来修饰自己的容貌形态，以后天补先天，亦通。

扈（hù 户）：楚地方言，披在身上的意思。王逸《楚辞章句》分析说：「扈，被也。楚人名被为扈。」

江离、辟芷：均为香草名。离古本也作蓠。江离，又名蘼芜（mí wú 迷无），芎藭（xiōng qióng 凶穷）苗，因生长于江中得名。朱熹《楚辞集注》认为：「离，香草。生于江中，故曰江离。」但对江离与蘼芜是否是一物两名，司马相如的赋云「被以江离，糅以蘼芜。乃二物也。」辟芷，又名白芷，因生长在幽僻的地方，因此名为辟芷。辟（pì 僻），幽静、隐秘、偏僻之义。按洪兴祖《楚辞补注》：「白芷，一名白茝，生下泽，春生，叶相对婆娑，紫色，楚人谓之药。」辟芷根长大约一尺，枝干离地五寸以上，叶子对长，叶紫色，开小白花，花朵微黄，秋天结籽。

秋兰：并非今天的兰花。秋兰古时即蕑（jiān 兼），属菊科，为多年生草本，茎叶花皆有香气。秋天盛开浅紫小花。

纫（rèn 认）：用线穿上，贯穿、连结的意思。王逸《楚辞章句》：「纫，索也」，联结之义。

以为佩：以……为佩，用作佩戴。这里指把秋兰编成花环佩戴在腰间用作装饰。

汩（gǔ 谷，又读 yù 遇）：楚地方言。水流很快的样子。这里用来形容时间消逝如流水一般迅速，时不我待。王逸《楚辞章句》分析说：「汩，去貌，疾若水流也。」「汩余」即「余汩」。

若将不及：好像来不及。朱熹《楚辞集注》认为：「言己之汲汲自修，常若不及者，恐年岁不待我而过去也。」屈复《楚辞新注》认为：「言余之汲汲，自修，常若不及者，恐年岁不待我，而一身将老，故朝夕自修之勤也。」王船山《楚辞通释》指出：「若将不及，志业既正，欲及时利见也。」可备一说。

恐：恐怕、担心、生怕之义。

不吾与：不等待我的意思，是『不与吾』的倒装。『与』是等待的意思。王逸《楚辞章句》分析说：『又恐年岁忽过，不与我相待，而身老耄也。』

朝（zhāo 召）：早晨。

搴（qiān 千）：拔取。楚方言。王逸《楚辞章句》考辨说：『搴，取也。』鲁笔《楚辞达》认为：『搴者，仰攀也。』

阰（pí 皮）：大山坡或平顶的小山，楚方言。王逸《楚辞章句》认为：『阰，山名。』洪兴祖《楚辞补注》认为：『阰，山在楚南。』

木兰：香木的一种，又名黄心树，一种落叶乔木，高丈余，晚春开花。洪兴祖《楚辞补注》指出：『《本草》云，「木兰皮似桂而香，状如楠树，高数仞。」』王逸《楚辞章句》云『木兰去皮不死。』

揽：采、取之意。王逸《楚辞章句》曰『揽，采也。』而洪兴祖《楚辞补注》指出：『揽，取也。』鲁笔《楚辞达》认为：『揽者，俯拾也。』

洲：水中可居之处，水中的陆地。按《尔雅·释水》：『水中可居者曰洲。』

宿莽：草名，又叫卷施草。《尔雅·释水》有云：『卷施草拔心不死。』王逸《楚辞章句》曰『草冬生不死者，楚人名之曰宿莽。言己旦起，升山采木兰，上事太阳，承天度也；夕入洲泽，采取宿莽，下奉太阴，顺地数也。动以神祇自敕诲也。木兰去皮不死，宿莽遇冬不枯。屈原以喻逸人虽欲困己，己受天命，终不可变易也。』

日月忽其不淹兮，春与秋其代序。
惟草木之零落兮，恐美人之迟暮。
不抚壮而弃秽兮，何不改此度？
乘骐骥以驰骋兮，来吾道夫先路！

注释

日月：光阴、时光。

忽：很快、迅速的意思。

淹：久留、长期停留。《尔雅释诂》有云：『淹，留，久也。』王逸《楚辞章句》云『淹，久也。』钱杲之《离骚集传》指出：『淹，水不流也。』

代序：按顺序轮流更替。王逸《楚辞章句》考辨说：『代，更也。序，次也。言日月昼夜常行，忽然不久，春往秋来，以次相代。言天时易过，人年易老也。』游国恩《离骚纂义》指出：『代序，即代谢。序与谢古通用。……春秋代谢者，言四时更迭逝去，犹云日月代迁也。』王船山《楚辞通释》指出：『春秋代序，喻国之盛则有衰。』

惟：想到、思念。游国恩《离骚纂义》指出：『《诗·维天之命》序引《韩诗》云：「惟，念也。」』

零落：飘零凋谢。王逸《楚辞章句》分析说：『零、落皆堕也。草曰零，木曰落。』

美人：屈原诗作中内涵丰富的一个词语，有时用来喻指楚国国君，有时用来喻比自己，有时用来泛指贤人。这里指楚怀王。王逸《楚辞章句》考辨说：『美人，谓怀王也。人君服饰美好，故言美人也。言天时运转，春生秋杀，草木零落，岁复尽矣。而君不建立道德，举用贤能，则年老耄晚暮，而功不成，事不遂也。』

迟暮：年老、衰老之意。

不：当为「何不」的省略用法。

抚壮：趁年富力强。抚，趁着……时候，正当……时候。壮，壮年，壮盛可有所作为之年。王逸《楚辞章句》分析说：「年德盛曰壮。」

弃秽：舍弃污秽的行为。舍，舍弃，丢弃。秽，污秽的东西，以此比喻恶劣的行为。王逸《楚辞章句》考辨说：「弃，去也。秽，行之恶也，以喻逸邪。百草为稼穑之秽，逸佞亦为忠直之害也。」洪兴祖《楚辞补注》指出：「不抚壮而弃秽者，谓其君不肯当年德盛壮之时，并远逸佞也。」

此度：指上文提到的「不抚壮而弃秽」旧的秽政法度。汤炳正《楚辞类稿》指出：「『壮』、『秽』皆代指人臣。……指人君任用善人而舍弃恶人之意。」

骐骥（qí jì）：骏马，千里马，这里比喻贤臣。王逸《楚辞章句》分析说：「骐骥，骏马也，比喻贤智。言乘骏马，一日可致千里，以言任贤智而可成于治也。」

驰骋（chěng 逞）：奔跑，这里指骑马奔跑。汪瑗《楚辞集解》认为：「直奔曰驰，横奔曰骋，皆疾足也。」

来：来吧。王船山《楚辞通释》指出：「来，相召告诫之辞。」游国恩《离骚纂义》指出：「来者，自系引道相招之辞……惟此来则为相呼之发声词，尽可逗读。」钱杲之《离骚集传》指出：「来，引导之辞。」

道：引导。汪瑗《楚辞集解》认为：「导，引也。」王船山《楚辞通释》指出：「道，去声，引导之也。」

夫：句中语气助词，无实意。

先路：前驱。王逸《楚辞章句》分析说：「路，道也。言己如得任用，将驱先行，愿来随我，遂为君导入圣王之道也。」王船山《楚辞通释》指出：「先路，前路也。」

昔三后之纯粹兮，固众芳之所在。
杂申椒与菌桂兮，岂维纫夫蕙茝！
彼尧、舜之耿介兮，既遵道而得路。
何桀纣之猖披兮，夫唯捷径以窘步。

注释

昔：古时候，原来。

三后：三位君王，指夏禹、商汤、周文王。对三后所指，历来众说纷纭。王船山《楚辞通释》认为三后是楚之先君鬻熊、熊绎、楚庄王。戴震《屈原赋注》认为三后是楚之先君熊绎、若敖、蚡冒。王逸《楚辞章句》、朱熹《楚辞集注》认为三后指夏禹、商汤、周文王。结合本段所讲，均为古代之事，王、朱之说理由较为充足。

纯粹：比喻德行完美，形容三后亲贤臣，远小人，道德崇高俊美，没有杂质，没有瑕疵。王逸《楚辞章句》分析说：「至美曰纯，齐同曰粹。」汪瑗《楚辞集解》「纯、粹皆无一毫驳杂之意。」

固：副词，本来、确实之意。

众芳：指下文提到的椒、桂、蕙、茝等芳草，这里比喻众多有才能的人，代指群贤。王逸《楚辞章句》考辨说：「众芳，喻群贤也。言往古夏禹、殷汤、周文王之所以能纯美其德，而有圣明之称者，皆举用众贤，使在显职。故道化兴而万国宁也。」

所在：汇集、荟萃的地方。

杂：杂聚、汇集。

申椒：申地所产的花椒。申，古地名，地理位置在今河南南阳，那里所产的花椒很有名气。朱熹《楚辞集注》认为『椒，木实之香者。申，或地名，或其美名也。』王船山《楚辞通释》指出：『申椒，未详，或申地所产之椒。』申椒与菌桂这里都用来代指贤才。

菌桂：香木，桂树的一种。洪兴祖《楚辞补注》指出：『《本草》有菌桂，花白蕊黄，正圆如竹，菌一作箘。其字从竹。』钱杲之《离骚集传》指出：『菌桂，桂之薄卷者。《本草》云，桂菌薄卷若筒，亦名筒菌。』王船山《楚辞通释》指出：『菌桂，如竹，花白蕊黄，今方家谓之筒桂。』

维：同『唯』，唯一、仅仅的意思。

夫：那、彼。

蕙茝（chǎi 钗）：两种香草，这里代指贤才。蕙，为一种多花的复瓣兰，属兰科。王船山《楚辞通释》指出：『蕙，今谓之零陵香。』茝，即上文所提到的辟芷、白芷。洪兴祖《楚辞补注》指出：『茝，白芷也』游国恩《离骚纂义》指出：『按茝芷同字，故诸家皆谓茝为白芷。然在《楚辞》书中，茝芷实非一物，吴仁杰辨之极详。』王逸《楚辞章句》考辨说：『蕙、茝，皆香草也，以喻贤者。言禹、汤、文王虽有圣德，犹杂用众贤，以致于治，非独索蕙茝，任一人也。故尧有禹、咎繇、伯夷、朱虎、益、夔，殷有伊尹、傅说，周有吕望、旦、散宜生、召、毕。是杂用众芳之效也。』

尧、舜：即被后世君王引为人治世榜样的传说中的圣王唐尧、虞舜。

耿介：光明正大的意思。王逸《楚辞章句》考辨说：『耿，光也。介，大也。』『尧舜所以又光大圣明之称者，以循用天之道，举贤任能，使得万事之正。』

遵道：遵循正确的道路、正确的道理。

得路：选择了正确的道路。王逸《楚辞章句》考辨说：『路，正也。言尧舜所以能有光大圣明之称者，以循用天地圣明之道，举贤任能，使得万事之正也。夫先三后者，称近以及远，明道德同也。』

何：何等、多么，用来形容桀纣猖披的程度。本句也是状语前置的用法。

桀纣：中国历史上有名的因暴政而亡国的君主，即夏桀、商纣。

猖披：狂妄放肆。王逸《楚辞章句》分析说：『猖披，衣不带之貌。』洪兴祖《楚辞补注》指出：『《博雅》云，猖披，不带也。』钱杲之《离骚集传》指出：『猖披，行不正貌也。』古人穿衣无扣，而是在衣的右侧开合处，以布带相系，穿衣不系带，可谓狂妄放肆。

夫：句首语气助词，无实意。

唯：只，仅仅。

捷径：歪路，这里指走歪门邪道。王逸《楚辞章句》曰『捷，疾也。径，邪道也。』朱熹《楚辞集注》认为：『捷，邪出也。径，小路也。』游国恩《离骚纂义》指出：『捷之义为速，求速达者，辄循邪径以行，故曰捷径。』按《汉书·五行志》所载，有汉代歌谣：『邪径败良田，谗口害善人。』

窘（jiǒng）步：走投无路，这里比喻夏桀、商纣未走正路，最后落得寸步难行的下场。洪兴祖《楚辞补注》指出：

「以不由正道，而所行蹇迫耳。」王逸《楚辞章句》考辨说：「窘，急也，言桀纣愚惑，违背天道，施行惶遽，衣不及带，欲涉邪径，急疾为治，故身着陷阱，至于灭亡，以法戒君也。」

惟夫党人之偷乐兮，路幽昧以险隘。
岂余身之惮殃兮，恐皇舆之败绩！
忽奔走以先后兮，及前王之踵武。
荃不察余之中情兮，反信谗以齌怒。

注释

惟夫：那些。惟，句首语气助词，无实意。夫，彼，那些。

党人：朝中那些结党营私的奸臣。钱杲之《离骚集传》认为：「谓时小人相为朋党者。」蒋骥《山带阁注楚辞》指出：「党人，谓靳尚、子兰、郑袖之属。」王船山《楚辞通释》指出：「党人，张仪、靳尚，内结郑袖，比周惑怀王者。」

偷乐：苟且享乐。王逸《楚辞章句》考辨说：「偷，苟且也。」

路：这里指政治道路。比喻国家及「党人」的前途。

幽昧（mèi 妹）：黑暗。王逸《楚辞章句》考辨说：「幽昧，不明也。」汪瑗《楚辞集解》指出：「幽昧而不显明而无一物所见。」

险隘（ài 爱）：危险狭隘，意为结党营私的人走的是一条危险狭隘的道路。王逸《楚辞章句》考辨说：「狭隘，喻倾危。言己念被谗人相与朋党，嫉妒忠直，苟且偷乐，不知君道不明，国将倾危，以及己身也。」朱熹《楚辞集注》指出：「险，临危也；隘，履狭也。」

岂：难道、哪里。

惮（dàn 但）殃：害怕遭受祸殃。

皇舆（yú 玉）：国君所乘坐的车子，这里借指楚王朝、楚国国家。

败绩：翻车，这里指国家颠覆、灭亡。汪瑗《楚辞集解》指出：「败绩，指车的覆败，以喻君国之倾危也。」王逸《楚辞章句》考辨说：「绩，功也。言我欲谏争者，非难身之殃咎也，但恐君国倾危，以败先王之功。」洪兴祖《楚辞补注》认为：「皇舆宜安行于大中至正之道，而当幽昧险隘之地，则败绩矣。」

忽：匆匆忙忙、急急忙忙的样子。

奔走以先后：跑前跑后，效力左右。闻一多《离骚解诂》认为「『忽奔走以先后』承上『皇舆』言，谓奔走于皇舆之先后也。」王逸《楚辞章句》考辨说：「言己急欲奔走先后，以辅翼君者，冀及先王之德，续其迹而广其基也。奔走先后，四辅之职也。《诗》曰：予曰有奔走，予曰有先后。是之谓也。」《尚书·大传》解「四辅」为「四邻」，即「前曰疑，后曰丞，左曰辅，右曰弼。」

荃（quán 全）：香草，又名溪荪（sūn 孙）、石菖蒲，这里代指国君。王逸《楚辞章句》考辨说：「荃，香草，以喻君也。人君被服芳香，故以香草为喻。恶数指斥尊者，故变言荃也。」朱熹《楚辞集注》指出：「荃以喻君，疑当时之俗，或以香草更相称谓之辞，非君臣之君也。此又借以寄意于君，非直以小草喻至尊。」以香草喻君，是楚辞中较常见的用法。王船山《楚辞通释》认为，「荃」与「荪」同，应读作「sūn」，可备一说。

察：体察、了解。

中情：内心。

谗：挑拨离间的话、谗言。

齌（jì记）怒：暴怒、盛怒。汪瑗《楚辞集解》指出：「齌怒，言怒气之盛如火也。」也有人认为「齌」应为「齐」。如李善注《文选》、王逸《楚辞章句》、闻一多《楚辞校补》本，都作「齐」。可备一说。另据游国恩《离骚纂义》认为：「齌，唐本作齐……然王逸注为疾，《说文》「齌，炊餔疾」，二者相应，是王逸所见本必为齌；唐本或因齌齐形近而误，或因齌齐相通而改，其喻怒气之盛因不变也。」

余固知謇謇之为患兮，忍而不能舍也。
指九天以为正兮，夫唯灵修之故也。
曰黄昏以为期兮，羌中道而改路！
初既与余成言兮，后悔遁而有他。
余既不难夫离别兮，伤灵修之数化。

注释 謇謇（jiǎn 剪）：忠言进谏。王逸《楚辞章句》分析说：「謇謇，忠贞貌也。」朱熹《楚辞集注》认为：「謇謇，难于言也，直词进谏，己所难言，而君亦难听，故其言之出有不易者，如謇吃然也。」

为患：造成祸患。汪瑗《楚辞集解》指出：「患，害也。」

忍：忍耐、忍受。汪瑗《楚辞集解》指出：忍，甘受其害而不辞之意。」

舍：放弃、舍弃、停止。王逸《楚辞章句》考辨说：「舍，止也。言己知忠言謇謇谏君之过，必为身患，然中心不能自止，而不言也。」

九天：即上天。传说天有九层，上帝在最高一层。王逸《楚辞章句》分析说：「原上指苍天，使正平之也。夫天明察无所阿私，惟德是辅，惟恶是去，故指之以为誓也。」游国恩《离骚纂义》指出：「此处九字并非实指，与下文九畹、九死之九相类，皆取虚义。九天，犹言至高之天，与《孙子·行篇》所言善守者藏于九地之下，善攻者动于九天之上，其义无别。」王船山《楚辞通释》指出：「九天，七曜经星及上宗动天。」

为正：作证明。「正」通「证」。用来表示对天发誓，指天为证。汪瑗《楚辞集解》指出：「正，古与证通用，如此解更明白。」

灵修：聪明有远见的人，这里指楚怀王。王逸《楚辞章句》分析说：「灵，神也。修，远也。能神明远见者，君德也，故以喻君。」游国恩《离骚纂义》指出：「考本篇言灵修者并下文凡三见，固皆指君言之。……考刘向《九叹·离世篇》云，灵怀具不吾知兮，灵怀其不吾闻。就灵怀之皇祖兮，诉灵怀之鬼神。灵怀曾不吾与兮，即听夫人之谀辞。五言灵怀，皆谓怀王，所谓灵者，与灵修之灵同有神灵之义。按《楚辞》凡事涉鬼神，多以灵言之，若灵巫、灵保、灵氛等。……盖《离骚》作于顷襄王时见放之后，其曰灵修者，是时怀王已死，追溯之称，犹云先王、先帝、先君也。其曰哲王者，正对顷襄而言，犹言今上、圣上也。故一篇之中，前言灵修而后又言哲王也。」可备一说。王船山《楚辞通释》指出：「灵，善也。修，长也。称君为灵修者，祝其所为善而国祚长也。」

曰黄昏以为期兮，羌中道而改路：此二句疑为后人所加。洪兴祖《楚辞补注》认为：「一本有此二句，王逸无注；至下文羌内恕己以量人，始释羌意，疑此二句为后人所增耳。《九章》（《抽思》）曰：「昔君与我诚言兮，曰黄昏以为期。羌中道而回畔兮，反既有此他志。」与此语同。」郭沫若《屈原赋今译》也赞同这一观点，「今案洪说极是，当时王逸以后人注抽思二语于侧，传写误为正文，因求文体一致与合韵之故，故加一「兮」字，而改「回畔」为「改路」耳。」

初：起初，开始。

成言：约定。洪兴祖《楚辞补注》认为：「成言，谓诚信之言，一成而不易也。」朱熹《楚辞集注》指出：「成言，谓成其要约之言也。」王船山《楚辞通释》说：「原所与怀王成言不传，史称屈平为楚合齐以摈秦。怀王惑于张仪，合秦以绝齐。或谓此欤？」可备参考。

悔遁：背弃诺言。

有他：有另外的打算。王逸《楚辞章句》考辨说：「言怀王始信任己，与我平议国政，后用谗言，中道悔恨，隐匿其情，而有他志也。」

伤：感伤、哀痛。

数化：屡次变化、反复无常，指为人摇摆不定，拿不准主意。数，屡次，数次。化，变化。王逸《楚辞章句》分析说：「化，变化。言我竭忠见过，非难与君离别也。伤念君信用谗言，志数变易，无常操也。」游国恩《离骚纂义》指出：「此言灵修数化者，兼指怀王之内政外交而言，盖深以怀王之不明，胸无定主，致国衰身死为可伤也。」王船山《楚辞通释》指出：「数，亟也；化，变也，变前约也。」

余既滋兰之九畹兮，又树蕙之百亩。
畦留夷与揭车兮，杂杜衡与芳芷。
冀枝叶之峻茂兮，愿俟时乎吾将刈。
虽萎绝其亦何伤兮，哀众芳之芜秽。

注释

滋兰：培植香兰。滋，培植、栽培。王逸《楚辞章句》分析说：「滋，莳也。」莳（shì是），移栽。

九畹（wǎn晚）：许多亩田地的意思。「九」在这里是虚数。「畹」是古代土地面积单位。王逸《楚辞章句》分析说：「十二亩为畹，或曰田之长为畹也。」一说，一畹为三十亩，如王船山《楚辞通释》指出：「三十亩曰畹。」可备参考。

树：种植的意思。王逸《楚辞章句》分析说：「树，种也。」

蕙：即前文所提的香草名。

百亩：虚指许多亩田地。亩，土地面积单位。王逸《楚辞章句》分析说：「二百四十步为亩。」洪兴祖《楚辞补注》认为：「《司马法》六尺为步，百步为亩。」百亩与前文九畹相对，表示所种兰和蕙面积之大。

畦（qí奇）：田垄，这里是名词动用，指一垄一垄地耕种。王逸《楚辞章句》分析说：「畦，共呼种之名。」朱熹《楚辞集注》认为：「畦，陇种也。」

留夷：一种香草名，即芍药。

揭车：一种香草名。王逸《楚辞章句》分析说：「揭车，亦芳草，一名芞舆。」

杂：间种、套种，这里指在兰蕙之间种植杜衡与芳芷。

杜衡、芳芷：均为香草名。王逸《楚辞章句》分析说：「言己积累重善，以自洁饰，复植留夷、杜衡，杂以芳芷，芳香益畅，德行弥盛也。」游国恩《离骚纂义》指出：「此节所云香草，皆喻平日所栽培荐拔与己同志者。」

冀（jì记）：希望、希冀之意。王逸《楚辞章句》考辨说：「冀，幸也。」

峻茂：高大茂盛之意。王船山《楚辞通释》指出：「峻，茎高也；茂，叶盛也。」

俟（sì四）时：俟，通「竢」，等待时机。

刈（yì义）：收割、收获。王逸《楚辞章句》分析说：「刈，获也。草曰刈，谷曰获。言己种植众芳，幸其枝叶茂长，实核成熟，愿待天时，吾将获取收藏，而飨其功也。以言君亦宜畜养众贤，以时进用，而待仰其治也。」王船山《楚辞通释》指出：「刈，采而用之也。」

萎绝：凋谢、凋落，这里屈原用以指自己受到摧残，在政治上遭到失败。洪兴祖《楚辞补注》指出：「萎，草木枯死也。」

伤：损害、受伤的意思。汪瑗《楚辞集解》指出：「伤，损也。言虽萎绝而无损于芳香之质也。」

哀：哀伤、痛心。汪瑗《楚辞集解》指出：哀，悯惜之意。」

众芳：指兰、蕙、留夷、揭车、杜衡、芳芷等众多香草。

芜秽：荒芜变质。王船山《楚辞通释》指出：「秽，蔫坏也。」这里比喻人才被埋没、被浪费。王逸《楚辞章句》分析说：「言己所种众芳草，当刈未刈，蚤有霜雪，枝叶虽早萎病绝落，何能伤于我乎？哀惜众芳摧折，枝叶芜秽而不成也。以言己修行忠信，冀君任用，而遂斥弃，则使众贤志士失其所也。」李光地《离骚经注》认为：「言我昔者有志于为国培植，冀其及时收用。今则不伤其萎绝，而哀其芜秽，虽萎绝，芳性犹在也。芜秽，则将化而萧艾，是乃重可哀也。」

众皆竞进以贪婪兮，凭不猒乎求索。
羌内恕己以量人兮，各兴心而嫉妒。
忽驰骛以追逐兮，非余心之所急。
老冉冉其将至兮，恐修名之不立。

注释

众：党人、小人。汪瑗《楚辞集解》指出：「众，指党人也。」

竞进：争相钻营上爬。王逸《楚辞章句》考辨说：「竞，并也。」洪兴祖《楚辞补注》指出：「并逐曰竞。」

贪婪（lán蓝）：贪而不知足。王逸《楚辞章句》考辨说：「爱财曰贪，爱食曰婪。」钱杲之《离骚集传》指出：「婪亦贪也。求得不已曰贪，未得而固得之曰婪。」

凭：古楚方言，满的意思。蒋骥《山带阁注楚辞》指出：「凭，满也。言虽盛满而所求无厌。」王逸《楚辞章句》考辨说：「凭，满也。楚人名满曰凭。言在位之人无有清洁之志，皆并进取，贪婪于财利，中心虽满，犹复求索，不知厌饱者也。」游国恩《离骚纂义》指出：「此处训凭为满，应指气盛而言。……其含义近似今人口语所谓满不在乎之满，以状党人之不厌求索，意气弥盛也。」王船山《楚辞通释》指出：「凭，恃也。恃君宠以恣行也。」此可备一说。

猒（yàn厌）：与今人「不厌其烦」之「厌」义同。

求索：指对权势财富的追求索取。洪兴祖《楚辞补注》指出：「索，求也。」王船山《楚辞通释》指出：「求索，苛索君子之疵瑕，而攻击之也。」

羌（qiāng抢）：楚方言的发语词。王逸《楚辞章句》曰「羌，楚人语词也。」洪兴祖《楚辞补注》指出：「羌，楚人发语端也。』

恕：揣度、猜测，以己量人谓之恕。王逸《楚辞章句》考辨说：『以心揆心为恕。』游国恩《离骚纂义》指出：『贾子《道术篇》，以己量人谓之恕。』王船山《楚辞通释》指出：『如心，谓之恕。君子之恕，如其心之忠也；小人之恕，如其心之邪也。』

兴心：起意、勾心斗角。王逸《楚辞章句》考辨说：『兴，生也。』

嫉妒：因别人比自己好而憎恨。戴震《屈原赋注》指出：『党人推己之心度人，而目竭忠进贤者，以为与己相倾，此谗人之所由起兴。』王逸《楚辞章句》考辨说：『害贤为嫉，害色为妒。言在位之臣，心皆贪婪，内以其志恕度他人，谓与己不同，则各生嫉妒之心。』游国恩《离骚纂义》指出：『党人贪婪竞进，而又以为贤者亦复如此，故嫉妒之也。』王船山《楚辞通释》指出：『小人以己之贪，度人之贪，因生嫉妒。』

忽：急急忙忙的样子。王逸《楚辞章句》曰『忽，急也。』

驰骛（wù 物）：狂奔乱跑，这里指党人上下钻营。汪瑗《楚辞集解》指出：『驰骛，乱走也。』

追逐：指争名夺利。汪瑗《楚辞集解》指出：『追逐，急走也。』蒋骥《山带阁注楚辞》指出：『驰骛追逐，指竞进之人言。』

余心：我心里、我想的意思。

所急：所追求的、所急切渴求的。王逸《楚辞章句》考辨说：『言众人所以驰骛惶遽者，争追逐权贵，求财利也，故非我心之所急。众人急于财利，我独急于仁义也。』

老：年老。汪瑗《楚辞集解》指出：『老者泛言其老耳，不必引《曲礼》七十曰老而拘其数也。』

冉（rǎn 染）冉：形容时光渐渐而去。游国恩《离骚纂义》指出：『冉冉，岁月流移之貌。……日月逾迈，亦以渐而进行。故古多以冉冉或荏苒况岁月之迁移也。』

修名：长久美好的名声。王船山《楚辞通释》指出：『修名，长久之名也。』洪兴祖《楚辞补注》曰『修名，修洁之名也。屈子非贪名者，然无善名以传世，君子所耻。』朱熹《楚辞集注》认为：『修名，长名，或曰修洁之名也。』戴震《屈原赋注》指出『修名犹贤名。』游国恩《离骚纂义》指出：『修名者，美名也。屈子以女自况，故本书凡言修，皆有美义。』可备参考。

立：树立。王逸《楚辞章句》考辨说：『立，成也。言人年命冉冉而行，我之衰老，将以来至，恐修身建德，而功不成名不立也。《论语》曰：君子疾没世而名不称焉。屈原建志清白，贪流名于后世也。』朱熹《楚辞集注》认为君子『没世而名不称焉，则无为善之实。』

朝饮木兰之坠露兮，夕餐秋菊之落英。

苟余情其信姱以练要兮，长顑颔亦何伤。

掔木根以结茝兮，贯薜荔之落蕊。

矫菌桂以纫蕙兮，索胡绳之纚纚。

注释

坠露：掉下来的露水。王逸《楚辞章句》考辨说：『坠，堕也。』

餐：吃的意思。洪兴祖《楚辞补注》认为：『餐，吞也。』

落英：落花。王逸《楚辞章句》考辨说：『英，华也，言己旦饮香木之坠露，吸正阳之津液，暮食芳菊之落华，吞正阴之精蕊。动以香净，自润泽也。』洪兴祖《楚辞补注》认为：『秋花无自落者，当读如我落其实，而取华之落。』汪瑗《楚辞集解》指出：『夫落者不必自落而后谓之落。采而取之，脱于其枝可谓之落；如取露于木兰之上亦可谓之坠也。若果谓之坠于地，则露岂可饮乎。』游国恩《离骚纂义》指出：『上文惟草木之零落，章句云，零，落，皆坠也。下文及荣华之未落，注云，落，堕也。惟贯薜荔之落蕊，落字，王逸无注，盖以为陨落之义耳。此二句坠露落英，本为对文，词旨显然，无待深求。』可备参考。

苟：只要、如果的意思。王逸《楚辞章句》考辨说：『苟，诚也。』

其：代指『余情』。

信姱（kuā 跨）：的确美好。信，真正、确实的意思。姱：美好。洪兴祖《楚辞补注》指出：『信姱，言实好也，与信芳、信美同意。言我中情实美。』

练要：精粹。王船山《楚辞通释》指出：『练，习事熟也。要，得事之理也。』游国恩《离骚纂义》指出：『练要与信姱对文，信姱为实好，则练要为简练于道也。』戴震《屈原赋注》指出：『练要，精炼要约也。』

长：长期、长时间的意思。

顑颔（kǎn hàn 看含）：因长期饥饿而面黄肌瘦的样子。王逸《楚辞章句》考辨说：『顑颔，不饱貌也。言己饮食清洁，诚欲使我形貌美好，中心简练，而合于道要，虽长顑颔，饥而不饱，亦何所伤病也。何者？众人苟欲饱于财利，己独欲饱于仁义也。』洪兴祖《楚辞补注》认为：『言我中情实美，又择要道而行，虽颜色憔悴，形容枯槁，亦何伤乎？彼先寇体而后仁义，岂知要者。或曰：有道者，虽贫贱，而容貌不枯，屈原何谓其顑颔也？曰：当是时，国削而君辱，原独得不忧乎？……顑颔，食不饱，面黄貌。』游国恩《离骚纂义》指出：『言但求中情美善，而合于要道，虽饮露餐英，面饥色，亦自无害。』王船山《楚辞通释》指出：『肌而面黄，贫贱之容也。』

擥：合手，持取的意思。擥同『揽』。王逸《楚辞章句》考辨说：『揽，持也。』

木根：泛指香树的根须。

贯：连贯、连接之义。王逸《楚辞章句》考辨说：『贯，累也。』钱杲之《离骚集传》指出：『贯，穿连之也。』

薜荔（bì lì 闭立）：香草名，又名木莲，俗名木馒头、凉水瓜，常绿，蔓生植物，缘木缘石蔓延而长。王逸《楚辞章句》考辨说：『薜荔，香草也，缘木而生。』王船山《楚辞通释》指出：『薜荔，蔓生缘古木，叶如碧鳞，结实如瓜，俗谓之木馒头。』

蕊：花蕊。王逸《楚辞章句》考辨说：『蕊，花心也。言我本持木之本，佩结香草，拾其花心，以表己之忠信也。』洪兴祖《楚辞补注》指出：『花外为萼，内曰蕊。蕊，花须头点也。』游国恩《离骚纂义》指出：『贯之以薜荔之蕊耳。……唯此处之蕊仅指花言。』

矫：举起、拿的意思。王逸《楚辞章句》考辨说：『矫，直也。』《文选》五臣注：『矫，举也。举此香木以自比。』王船山《楚辞通释》指出：『矫，反剥之也。』可备一说。

菌桂：桂花树枝条。

蕙：香草名。洪兴祖《楚辞补注》指出：「《九章》云：擣木兰以矫蕙。」

索：作为动词，搓的意思。洪兴祖《楚辞补注》指出：「《说文》索，草有茎叶，可作绳索。」汪瑗《楚辞集解》指出：索，以手搓绳之名，如宵尔索綯之索。」

胡绳：一种蔓生的香草，其茎叶可作绳索。王逸《楚辞章句》考辨说：「胡绳，香草也。」钱杲之《离骚集传》指出：「蕙与胡绳可纫索。」汪瑗《楚辞集解》指出：「绳，索也，胡绳，谓延胡索，亦香草名也。」

纚纚（xǐ 洗）：形容绳索搓得又长又好的样子。钱杲之《离骚集传》：「纚纚，索绳条理之貌。」王逸《楚辞章句》考辨说：「言己行虽据履根本，犹复矫直菌桂芳香之性，纫索胡绳，令之泽好，以善自约束，终无懈倦也。」王船山《楚辞通释》指出：「纚纚，绳垂貌。以木根蹴茝，以大绳穿薜荔，束缚桂蕙，喻君子之受摧残也。」

謇吾法夫前修兮，非世俗之所服。

虽不周于今之人兮，愿依彭咸之遗则。

长太息以掩涕兮，哀民生之多艰。

余虽好修姱以鞿羁兮，謇朝谇而夕替。

注释

謇：句首语气助词，楚方言。与羌同。蒋骥《山带阁注楚辞》指出：「謇，语词。通作蹇。」游国恩《离骚纂义》指出：「謇之训，诸家以为语词是也。」洪兴祖《楚辞补注》指出：「謇，又训难易之难，非蹇难之字也。世所传《楚词》，惟王逸本最古，凡诸本异同，皆当以此为正。」

法夫：效法于。汪瑗《楚辞集解》指出：法者，效其所为也。」

前修：前代圣贤。《文选》五臣注：「前修，谓前代修习道德之人。」朱熹《楚辞集注》认为：「前修，谓前代修德之人。」游国恩《离骚纂义》指出：「前修犹前贤也。」

服：用，此为衣食所用的意思。王逸《楚辞章句》考辨说：「言我忠信謇謇者，乃上法前世远贤，固非今时俗人之所服行也。一云，謇，难也，言己服饰虽为难法，我仿前贤以自修洁，非今世俗人之所服佩。」

周：合。不周就是不相容的意思。王逸《楚辞章句》考辨说：「周，合也。」王船山《楚辞通释》指出：「同乎人曰周。」

今之人：即前文所讲的「党人」、「众」，世俗小人。

彭咸：因直言谏君而自杀的商朝大夫。王逸《楚辞章句》考辨说：「彭咸，殷贤大夫，谏其君，不听，自投水而死。遗，余也。则，法也。言己所行忠信，虽不合于今之世人，愿依古之贤者彭咸余法，以自率厉也。」洪兴祖《楚辞补注》指出：「颜师古云，彭咸，殷之介士，不得其志，投江而死。按屈原死于顷、襄之世，当怀王时作《离骚》，已云：「愿依彭咸之遗则。」又曰：「吾将从彭咸之所居。」盖其志先定，非一时忿怒而自沉也。」

太息：叹息。

掩涕：掩面垂泪。《文选》五臣注：「太息掩涕，哀此万姓遭轻薄之俗而多屯难。」洪兴祖《楚辞补注》指出：「掩涕，犹抆（wěn 吻）泪也。』

民生：人民的生计。王逸《楚辞章句》考辨说：「伤己命禄多忧患也。」洪兴祖《楚辞补注》指出：「此原忧世之词。」汪瑗《楚辞集解》指出：哀人生之多艰与终不察夫人心，人字是屈原自谓也。」蒋骥《山带阁注楚辞》指出：「民，人也。

原自谓，下民心同。」游国恩《离骚纂义》指出：「民生即人生，本书多以民代人，下文终不察夫民心，相观民之计艰，民好恶其不同，《哀郢（yǐng 影）》民离散而相失，皆是也。民生多艰盖指广大楚国人遭遇而言。」诸说可备参考。

艰：艰难，不容易的意思。王逸《楚辞章句》考辨说：「艰，难也。」王船山《楚辞通释》指出：「艰，险也。」

好：爱好、喜好之义。汪瑗《楚辞集解》指出：「好，爱好也。」

修姱：美好的意思。洪兴祖《楚辞补注》指出：「修姱，谓修洁而姱美也。」

鞿羁（jī jī 鸡）：原指马的缰绳和络头，这里用来比喻自己注重自我约束，洁身自好。王逸《楚辞章句》考辨说：「言为人所系累也。……为谗人所鞿羁而系累也。」朱熹《楚辞集注》认为：「鞿羁，以马自喻，缰在口曰鞿，革在头曰羁。言自绳束不放纵也。」游国恩《离骚纂义》指出：「修姱本为对文，一言其美好，一言其谨饬，皆屈子自谓也。……言己既修美而又自检束，兼容貌动止言之。」

谇（suì 岁）：谏言，进谏之义。

替：废弃，被罢官。王船山《楚辞通释》指出：「替，亏替之也，谓谗毁也。」戴震《屈原赋注》指出：「言朝告君而夕见废。」

既替余以蕙纕兮，又申之以揽茝。
亦余心之所善兮，虽九死其犹未悔。
怨灵修之浩荡兮，终不察夫民心。
众女嫉余之蛾眉兮，谣诼谓余以善淫。

注释

替：此作攻击解。

蕙纕（xiǎng 想）：里面装有蕙草的香囊。王逸《楚辞章句》考辨说：「纕，佩戴也。」

申之：指责我。

揽茝：手持芳茝。蒋骥《山带阁注楚辞》指出：「蕙茝，皆其所修而取废之具也。」王船山《楚辞通释》指出：「揽，尽取之也。」王逸《楚辞章句》考辨说：「言君所以废弃己者，以余带佩众香，行以忠正之故也。然犹复重引芳茝，以自结束，执志弥笃也。」游国恩《离骚纂义》指出：「盖谓君之废余，既因余以蕙为纕，复因余揽茝为饰，进德修业，执履忠信，若此之甚，能不废乎？」

善：以……为善，爱好。王逸《楚辞章句》考辨说：「言己履行忠信，执守清白，亦我心中之所美善也。」

九死：死九次，这里指必死，以死言志。钱杲之《离骚集传》指出：「九死，九死而一生，谓必死也。」王船山《楚辞通释》指出：「九死，言十有九死，势必不能容也。」

悔：后悔、悔恨的意思。王逸《楚辞章句》考辨说：「悔，恨也。虽以见过，支解九死，终不悔恨。」

灵修：与上文同，指楚怀王。王逸《楚辞章句》考辨说：「灵修，谓怀王也。」游国恩《离骚纂义》指出：「灵修指君。」

浩荡：原指水面广阔无际，这里代指怀王不思考不辨是非。王逸《楚辞章句》考辨说：「浩犹浩浩，荡犹荡荡。无思虑貌也。」钱杲之《离骚集传》指出：「浩荡，放纵也。」汪瑗《楚辞集解》指出：「浩荡，法度坏貌。」

不察：不能明辨善恶是非。王船山《楚辞通释》指出：「不察，不辨其邪贞也。」

民心：人心。王逸《楚辞章句》考辨说：『言己所以怨恨于怀王者，以其用心浩荡，骄傲放恣，无有思虑，终不省察万民善恶之心，故朱紫相乱，国将倾危也。夫君不思虑，则忠臣被诛；忠臣被诛，则风俗怨而生逆暴，故民心不可不熟察之也。』蒋骥《山带阁注楚辞》指出：『君终不能察人之心。』游国恩《离骚纂义》指出：『民心即人心，盖兼善恶而言之，意谓王之不明，故于善者之竭忠尽智，与恶者之邪取害公，举莫之辨也。』

众女：比喻谗臣、小人、党人。蒋骥《山带阁注楚辞》指出：『众女，喻党人。』

蛾眉：细长而弯曲的眉毛，代指美女。屈原以蛾眉自喻自己是美女，引得其他众女嫉妒。王逸《楚辞章句》考辨说：『蛾眉，好貌也。』朱熹《楚辞集注》认为：『蛾眉，谓眉之美好如蚕蛾之眉也。』

谣诼（yáo zhuó 摇卓）：楚方言，造谣污蔑的意思。王逸《楚辞章句》考辨说：『谣，谓毁也。诼，犹谮（zèn 怎）也。』游国恩《离骚纂义》指出：『谣诼即造谣中伤之意。』

淫：淫邪、淫荡，这里指众女（党人）对美女（屈原）的造谣中伤之词。王逸《楚辞章句》考辨说：『淫，邪也。言众女嫉妒蛾眉美好之人，谮而毁之，谓之美而淫，不可信也。』洪兴祖《楚辞补注》指出：『言众女竞为谣言，以谮诉我，彼淫人也。而谓我善淫，所谓恕既以量人。』

固时俗之工巧兮，偭规矩而改错。
背绳墨以追曲兮，竞周容以为度。
忳郁悒余侘傺兮，吾独穷困乎此时也。
宁溘死以流亡兮，余不忍为此态也。

注释

固：原来、本来的意思。

时俗：世俗之人、庸人。

工巧：善于取巧、走捷径。

偭（miǎn 免）：违背的意思。王逸《楚辞章句》考辨说：『偭，背也。背去规矩，更造方圆。』王船山《楚辞通释》指出：『偭，面向也。规矩在前，舍之而自为方圆。所谓改错也。』

规矩：古时木匠用来画圆的圆规和画方的直角尺，借以喻指保障国家有序运行的法律法规和制度。王逸《楚辞章句》考辨说：『圆曰规，方曰矩。』

改错：改变政策、措施。『错』同『措』。王逸《楚辞章句》考辨说：『改，更也。错，置也，言今世之工，才知强巧，背去规矩，更造方圆，必不坚固，败材木也，以言佞臣巧于言语，背违先圣之法，以意妄造，必乱政治，危君国也。』

背：违背、违反的意思。洪兴祖《楚辞补注》指出：『背，违也。』

绳墨：木匠画直线用的工具，比喻正道。王逸《楚辞章句》考辨说：『绳墨，所以正曲直也。』朱熹《楚辞集注》认为：『绳墨，引绳弹墨以曲直者，今墨斗绳是也。』

追曲：走邪门歪道。

竞：争着。朱熹《楚辞集注》认为：『竞，争也。』

周容：苟合献媚，以阿谀奉承的手段骗取信任。王逸《楚辞章句》考辨说：『周，合也。』王船山《楚辞通释》指出：

「周容，比周以求容。」

度：法度、行为准则。王逸《楚辞章句》考辨说：「度，法也。言人臣之不修仁义之道，背弃忠直，随从枉佞，苟合于世，以求容媚，以为常法，身必倾危而被刑戮也。」洪兴祖《楚辞补注》指出：「偭规矩而改错者，反常而妄作；背绳墨以追曲者，枉道以从时。」朱熹《楚辞集注》指出：「言争以苟合求容，为常法也。」

忳（tún屯）郁悒：忧貌，担忧的样子。王逸《楚辞章句》考辨说：「忳，徒魂切，积忧也。」洪兴祖《楚辞补注》认为：「忳，闷也。郁悒，忧貌。」王船山《楚辞通释》说：「忳，积忧也。郁悒，与于悒通，读如呜咽。」游国恩《离骚纂义》指出：「忳郁悒者，三字连文为词，本书《悲回风》篇之愁郁郁、穆眇（miǎo秒）眇，莽芒芒，藐蔓蔓，缥（piāo票）绵绵……等三字连绵词甚多，恒以第一字为一义，余二字又为一词，以足上一字之义。故此文忳为忧义，郁悒当与忧义近，而用以重申其意者。合三字以为词义，若可分，若不可分，本书此例正多。又此文以余字，位于句中，盖倒装文法。忳郁悒余侘傺，即余忳郁悒而侘傺之谓也。言非忧郁失志，无聊赖也。其主语不居句首而居句中者，在使句法多变耳。……盖屈子身伤其遭逢不偶，遂至郁悒而侘傺。」

侘傺（chà chì差赤）：楚地方言，失意不得志的样子。王逸《楚辞章句》考辨说：「侘傺，失志貌。侘，犹堂堂，立貌也。傺，住也。楚人名住曰傺。」洪兴祖《楚辞补注》指出：「《方言》云，傺，逗也，南楚谓之傺。」王船山《楚辞通释》指出：「侘傺，失志无聊而迟立貌。」钱杲之《离骚集传》指出：「侘傺，进退无所据之貌。」

独：孤独。

穷困：郁郁不得志、处境艰难。王逸《楚辞章句》考辨说：「言我所以忳忳而忧，中心郁邑，怅然住立而失志者，

以不能随从世俗，屈求容媚，故独为时人所穷困。」钱杲之《离骚集传》指出：「心忳然郁邑，使余身侘傺无所据者，实困于时使然。」

溘（kè客）死：忽然死去。溘，忽然、马上、立即之意。王逸《楚辞章句》考辨说：「溘，犹奄也。」洪兴祖《楚辞补注》指出：「溘，奄忽也。」

流亡：随水流去。王逸《楚辞章句》考辨说：「意欲淹没，随水去也。」汪瑗《楚辞集解》指出：溘死流亡犹言死于道路、死于沟壑之意。谓弃而漂泊不得安葬也，以穷困之甚。」

此态：指佞臣的苟合献媚之态。王逸《楚辞章句》考辨说：「言我宁奄然易体，形体流亡，不忍以中正之性，为淫邪之态。」

鸷鸟之不群兮，自前世而固然。

何方圜之能周兮，夫孰异道而相安？

屈心而抑志兮，忍尤而攘诟。

伏清白以死直兮，固前圣之所厚。

注释

鸷（zhì至）鸟：凶猛的鸟，如鹗（è饿）、鹰、鸢（yuān冤）与雕等等。王逸《楚辞章句》考辨说：「鸷，执也。谓能执伏众鸟，鹰鹯（zhān粘）之类也，以喻忠正。」汪瑗《楚辞集解》指出：「鸷鸟，雕鹗鹰鸢之属，此取其威猛英杰，凌云摩霄之志，非谓悍厉搏执之恶也。」

方圜（yuán圆）：方枘（ruì瑞）圆凿，即方的榫头（器物两部分利用凹凸相接的凸出的部分），圆的孔。

周：相吻合。朱熹《楚辞集注》认为：『周，合也。』

相安：和平共处、相安无事。王逸《楚辞章句》考辨说：『言何所有圆凿受方枘而能合者？谁有异道而相安耶？言忠佞不相为谋也。』朱熹《楚辞集注》认为：『圆凿方枘，不能相合，以其异道，故不能相安，贤者之居乱世，亦犹是也。』

屈心：心里忍受委屈。

抑志：压抑自己的情感。王逸《楚辞章句》考辨说：『抑，案也。』

尤：过错，这里是责怪的意思。王逸《楚辞章句》考辨说：『尤，过也。』

攘诟（rǎng gòu嚷够）：不顾辱骂。游国恩《离骚纂义》指出：『屈心抑志，忍尤攘诟，谓宁愿心志受屈，受罪权势，终不易志改初，以求异道相安也。』汪瑗《楚辞集解》指出：『攘，物自外来而取之。诟，耻也，耻自外来而受之，犹物自外而取之，故曰攘诟。』蒋骥《山带阁注楚辞》指出：『攘诟，即忍尤意。……凡非其所有之物，因其自来而取之谓之攘。』

伏清白：保持清白。游国恩《离骚纂义》指出：『伏，服也，与上文非世俗之所服义近。伏与服古多通用。伏清白而死直者，谓服膺清白，而死于直道也。』

死直：死于正义、正直之道。王逸《楚辞章句》考辨说：『言士有伏清白之志，以死忠直之节者。』朱熹《楚辞集注》认为：『宁伏清白而死于直道。』

前圣：与上文前修同义，意为古代贤者。王逸《楚辞章句》考辨说：『前世圣王。』游国恩《离骚纂义》指出：『前圣，即前修之云。』

厚：嘉许、赞赏的意思。钱杲之《离骚集传》指出：『故前圣所厚礼也。』

悔相道之不察兮，延伫乎吾将反。

回朕车以复路兮，及行迷之未远。

步余马于兰皋兮，驰椒丘且焉止息。

进不入以离尤兮，退将复修吾初服。

注释

悔：后悔、悔恨。王逸《楚辞章句》考辨说：『悔，恨也。』朱熹《楚辞集注》认为：『悔，追悔也。』

相道：看路。王逸《楚辞章句》考辨说：『相，视也。』王船山《楚辞通释》指出：『相，审择也。』游国恩《离骚纂义》指出：『相道者，以视察路途比审择自处之道也。』

延伫（zhù 住）：长时间站立的样子，意为迟疑不决。王逸《楚辞章句》考辨说：『延，长也。伫，立貌。』朱熹《楚辞集注》认为：『延，引颈也。伫，跂（qǐ 弃）立也。』王船山《楚辞通释》指出：『延伫，迟回也。』

反：返回。游国恩《离骚纂义》指出：『意谓己之决心，伏清白以死直，如此自处，固不失为贞介之操，且为前圣之所厚许。顾吾念之，謇謇之为患，我知之矣，然岂不可以洁身远引，以圆自免于罪戾哉？（下文步马驰丘、退修初服，即申言此意。）是则向之立志孤行，一往不返者，未始不可以改，此所以有延伫将返之意也。』

回：调转。王逸《楚辞章句》考辨说：『回，旋也。』朱熹《楚辞集注》认为：『回，旋转也。』

复路：走回原路。

及：趁。

行迷：误入迷途。王逸《楚辞章句》考辨说：『迷，误也。』朱熹《楚辞集注》认为：『迷，惑误也。』

未远：尚未很远。王逸《楚辞章句》考辨说：『言乃旋我之车，以反故道，反己迷误去之路，尚未很远也。』朱熹《楚辞集注》认为：『言既至于此矣，乃始追恨前日相视道路未能明审，而轻犯世患，遂引颈跂立，而将旋转吾车，以复于昔来之路，庶几犹得及此或误未远之时，觉悟而还归也。』汪瑗《楚辞集解》指出：『此章以行路为譬，实悔其初轻出仁而欲将隐去耳，非设言也。下文制芰荷集芙蓉，盖欲辞绂冕之荣，而为隐者之服矣。』戴震《屈原赋注》指出：『前皆言为世所尤，则固行迷之当悔者。此下犹言焉往而不得吾之好修哉，何必遵迷途而不反也。』游国恩《离骚纂义》指出：『《离骚》此节所云，亦以示思想之曲折，情感之波澜而已；犹下文设为去国远逝之辞，作用正复相似。』

步余马：即余步马，也就是我遛马的意思。步，慢走、徐行，行走之义。王逸《楚辞章句》考辨说：『步，徐行也。』

兰皋（gāo 高）：长满兰草的水边。皋，水边陆地。王逸《楚辞章句》考辨说：『泽曲曰皋。』朱熹《楚辞集注》认为：『泽曲曰皋，其中有兰，故曰兰皋。』

驰椒丘：跑到长有花椒树的山丘上。朱熹《楚辞集注》认为：『丘上有椒，故曰椒丘。』

且焉止息：暂时在这里休息下来。焉，在这里的意思。止息，停下来休息。朱熹《楚辞集注》认为：『徐步驰走，而遂止息，必依椒兰，不忘芳香，以自清洁，所谓回朕车以复路也。』汪瑗《楚辞集解》指出：『止息，谓停止而偃息也。』游国恩《离骚纂义》指出：『且焉止息者，言聊且于此处止息也。二句设言既不复坚持昔日之志矣，故于回车复路之后，息影岩阿，悠游自得，而亦不失其高洁也。』

进不入：进仕于君前而不被信任、重用。进，进仕于朝廷，进仕于君前。入，纳。不入，不采纳，不被重视。钱杲之《离骚集传》指出：『入，犹纳也。』游国恩《离骚纂义》指出：『进谓仕，退谓隐。进不入者，进而未入也。』

离尤：遭遇祸患。离，同罹（lí 离），遭遇。尤，罪过，祸患。

退：隐退。王逸《楚辞章句》分析说：『退，去也。』汪瑗《楚辞集解》指出：『退谓隐也。』

复修：重新修整。汪瑗《楚辞集解》指出：『复修，重整也。』

初服：当初未当官时的服饰，比喻初衷、原来的志趣、品德。王逸《楚辞章句》分析说：『言已诚欲遂进，竭其忠诚，君不肯纳，恐重遇祸，故将复去，修吾初识清洁之服也。』朱熹《楚辞集注》认为：『进既不入以离尤，则亦退而复修吾初服耳。』汪瑗《楚辞集解》指出：『初服，土服也，下文所言衣裳冠佩之类是也。屈原恐进而遇祸，故退修初服也。』

此服字要实看，谓芰荷之衣，芙蓉之裳及高冠长配，乃未进仕之初之所服者，因筮仕而释之，今又将辞轂冕之荣，而重新整治向时之所服者，以复其初也。」蒋骥《山带阁注楚辞》指出：「初服，未仕时之服也。」

制芰荷以为衣兮，雧芙蓉以为裳。

不吾知其亦已兮，苟余情其信芳。

高余冠之岌岌兮，长余佩之陆离。

芳与泽其杂糅兮，唯昭质其犹未亏。

注释

制：剪裁。王逸《楚辞章句》分析说：「制，裁也。」

芰（jì 计）荷：菱叶与莲叶。芰，菱。荷，莲。楚地方言。

衣：指现代汉语中的上衣。王逸《楚辞章句》分析说：「上曰衣。」

雧：同「集」，采集，收集。

芙蓉：荷花。王逸《楚辞章句》分析说：「芙蓉，莲华（花）也。上曰衣，下曰裳。言己进不见纳，犹复制裁芰荷，集合芙蓉，以为衣裳，被服愈洁，修善益明。」

裳：古代汉语中下身所穿叫裳。

不吾知：「不知吾」的倒文，「不知吾」意即不了解我。是楚辞的常见用法。下文「国无人莫我知兮」的「莫我知」，《涉江》：「世混浊而莫余知兮」的「莫余知」，也是这种用法。

其亦已兮：那就算了吧。已：止，罢了。与下文「已矣哉」意思相同。

信芳：确实美好，真正芳洁。游国恩《离骚纂义》指出：「信芳犹信姱之意，芳指香洁，承上荷衣蓉裳而言。」

高：形容词做动词用，意思是加高。

岌（jí 及）岌：高耸的样子。王逸《楚辞章句》分析说：「岌岌，高貌。」

长：用法同上文中的「高」，加长的意思。

佩：玉佩，佩带。朱熹《楚辞集注》认为：「佩，玉佩。」

陆离：其意有二：一为参差状，一为长长状，这里是长而美好的样子。王逸《楚辞章句》分析说：「陆离，犹参差，众貌也。言己怀德不用，复高我之冠，长我之佩，尊其威仪，整其服饰，以异于众也。」汪瑗《楚辞集解》指出：「陆离，参错美好之貌。」钱杲之《离骚集传》指出：「陆离，光耀也。」蒋骥《山带阁注楚辞》指出：「陆离，灿烂之貌。」戴震《屈原赋注》指出：「高冠长佩，即《涉江》所云予幼好此奇服，念既老而不衰也，以寓从吾所好之意。」

芳：芳香、美好的东西。

泽：古为汗衣，引申为污浊、腐臭的意思。钱杲之《离骚集传》指出：「杂饭曰糅，己之才美，虽杂糅于小人，唯昭然之质，犹未亏损。」王船山《楚辞通释》说：「泽，垢腻也。……清浊杂处，昭志自全。」郭沫若《屈原赋今译》云：「今案《毛诗·秦风》：『子曰无衣，与子同泽』。郑注：『泽，亵衣也，近污垢。』即此泽字之义。」

杂糅（róu 柔）：掺和、混杂在一起。王逸《楚辞章句》分析说：「糅，杂也。」芳泽杂糅比喻贤臣与佞臣共处朝廷。

唯：独，只。王逸《楚辞章句》分析说：「唯，独也。」

惩（chéng 呈）：警戒。王逸《楚辞章句》分析说：『惩，艾也。言己好修忠信以为常行，虽获罪支解，态犹不艾也。』朱熹《楚辞集注》指出：『虽从此获罪于世，至于屠戮支解，终不惩创而悔改也。』王逸《楚辞章句》分析说：『言己体受忠直之性，虽数为馋人所惩艾而心终不移易也。』本句的意思是说惩罚是吓不倒我的，我不会放弃自己高洁的志向。

女媭之婵媛兮，申申其詈予，
曰：鲧婞直以亡身兮，终然殀乎羽之野。
汝何博謇而好修兮，纷独有此姱节？
薋菉葹以盈室兮，判独离而不服。

注释

女媭（xū 须）：传说为屈原的姐姐。王逸《楚辞章句》考辨说：『女媭，屈原姊也。』游国恩《离骚纂义》指出：『女媭为楚人妇女之通称……观《史记·高后记》太后女弟吕媭，又《陈丞相世家》樊哙乃吕后弟吕媭之夫，则汉初楚人因以媭为妇女之名（高祖、吕后、樊哙、吕媭皆故楚人），而非专以称姊明矣。……此处必以女媭为言者，因屈子常托美人以自喻，故假设有人责劝之亦当托为女性，此亦犹上文嫉余蛾眉者之必为众女也。又以责劝之态度、内又深有关切之情也。』诸说可备参考。

婵媛（chán yuán 婵元）：通『啴咺』，相连，引申为关切的意思。王逸《楚辞章句》考辨说：『婵媛，犹牵引也。』游国恩《离骚纂义》指出：『婵媛者，盖啴咺之借字。《方言》，凡怒而噎噫……谓之啴咺。疑即此文婵媛之义。盖上言怒而下言牵引也。』朱熹《楚辞集注》指出：『婵媛，眷恋牵持之意』王船山《楚辞通释》说：『婵媛，婉而相爱也。』

蒋骥《山带阁注楚辞》指出：『婵媛，眷恋意。』

申申：反复不断，重复多次，等于说唠唠叨叨。王逸《楚辞章句》分析说：『申申，重也。』王船山《楚辞通释》说：『申申，重言也。』蒋骥《山带阁注楚辞》指出：『申申，繁絮貌。』

詈（lì 利）：责骂，责难。王船山《楚辞通释》说：『詈，责也。』王逸《楚辞章句》考辨说：『言女媭见己施行不与众合，以见流放，故来牵引，数怒重詈我也。』

予：同余，我。屈原自称。

曰：主语是女媭。王逸《楚辞章句》分析说：『曰，女媭词也。』王船山《楚辞通释》说：『曰者，所责之辞。』

鲧（gǔn 滚）：尧时的大臣。

婞（xìng 幸）直：刚愎，倔强。婞同『悻』。王逸《楚辞章句》分析说：『婞，很也。』

亡身：即忘身，忘记自身，不顾自身。这里是不顾个人安危的意思。

终然：终于的意思。

殀（yǎo 夭）：今简写为『夭』，解为夭遏（è 厄）、死的意思。王逸《楚辞章句》分析说：『蚤（同早）死曰殀。』王船山《楚辞通释》说：『不以考终曰殀。』蒋骥《山带阁注楚辞》指出：『不尽天年谓之殀。』

羽之野：羽山的郊野。羽山传说在东海之滨。王逸《楚辞章句》分析说：『言尧使鲧治洪水，婞很自用，不顺尧命，乃殛之羽山，死于中野。女媭比屈原于鲧，不顺君意，亦将遇害也。』

汝：你，女媭称屈原。

昭质：光明磊落的品质。王逸《楚辞章句》分析说：『昭，明也。』戴震《屈原赋注》指出：『昭质，谓明洁之质。』

亏：亏损，损伤。未亏，没有亏损。王逸《楚辞章句》考辨说：『亏，歇也。言我外有芬芳之德，内有玉泽之质，二美杂会，兼在于己，而不得施用，故独保明其身，无有亏歇而已，所谓道行则兼善天下，不用则独善其身也。』汪瑗《楚辞集解》指出：『未亏，无损也。』

忽反顾以游目兮，将往观乎四荒。
佩缤纷其繁饰兮，芳菲菲其弥章。
民生各有所乐兮，余独好修以为常。
虽体解吾犹未变兮，岂余心之可惩。

注释

忽：疾、速度快。王逸《楚辞章句》分析说：『忽，疾貌。』

反顾：回头来看。汪瑗《楚辞集解》指出：『反顾，回首而视也。』

游目：纵目远望，放眼远望。汪瑗《楚辞集解》指出：『游目，谓纵目以流观也。』游国恩《离骚纂义》指出：『反顾游目，义本相承，言回顾而又纵目瞻眺，以摄起下句往观四荒。』

往观：远去观览，往远处去观光。

四荒：四面遥远的地方。王逸《楚辞章句》分析说：『荒，远也。言己欲进忠信，以辅事君，而不见省，故忽然反顾而去，将遂游目往观四荒之外……』朱熹《楚辞集注》指出：『言虽已回车反服，而犹未能顿忘此世，故复反顾，而将往观乎四方绝远之国……』蒋骥《山带阁注楚辞》指出：『四荒，举天下而言。』

缤（bīn宾）纷：繁盛而交杂的样子。王逸《楚辞章句》分析说：『缤纷，盛貌。』钱杲之《离骚集传》指出：『缤纷，多貌。』

繁饰：繁多的装饰。王逸《楚辞章句》分析说：『繁，众也。』

菲（fēi非）菲：香气浓郁。王逸《楚辞章句》分析说：『菲菲，犹勃勃，芳香貌也。』王船山《楚辞通释》指出：『菲菲，香远飘也。』

弥（mí迷）章：更加显著。弥，愈。『章』，同『彰』，明显。王逸《楚辞章句》分析说：『章，明也。言己虽然之四方荒远，犹整饰仪容，佩玉缤纷而众盛，忠信勃勃而愈明，终不以远故改其行。』朱熹《楚辞集注》指出：『佩服愈盛而明，志意愈修而洁也。』

民生：人生的意思。

各有所乐：各有所好。乐，喜好，爱好。蒋骥《山带阁注楚辞》指出：『乐，喜好也。』

好修：爱好修饰，比喻加强自己的道德修养。

常：经常。王逸《楚辞章句》分析说：『言万民禀天命而生，各有所乐，或乐谄佞，或乐贪淫，我独好修正直以为常行也。』朱熹《楚辞集注》指出：『言人生各随气习有所好乐，或邪或正，或清或浊，种种不同，而我独好修为常。』

体解：肢体分解，即车裂，古代的一种酷刑。钱杲之《离骚集传》指出：『体解，支裂之也。』王船山《楚辞通释》说：『体解，谓被刑支解。』游国恩《离骚纂义》指出：『体解应释为支解，泛指为死，不足以显其意气。』

博謇（jiǎn 简）：在各方面都尽言直谏。博，多方，广泛，引申为过盛。謇，直言，直谏。王逸《楚辞章句》考辨说：『女嬃数谏屈原，言汝何为独博采往古，好修謇謇，有此姱异之节。不与众同，而见憎恶于世也。』朱熹《楚辞集注》指出：『博謇，谓广博而忠直。』王船山《楚辞通释》说：『博，过其幅量之谓。犹言过也。』

姱节：美好的节操。朱熹《楚辞集注》指出：『姱节，姱美之节也。』

薋（cí 瓷）：草多的样子。王逸《楚辞章句》考辨说：『薋，蒺藜也。』

菉（lù 录）：草名，又叫王刍（chú 锄）、淡竹叶。朱熹《楚辞集注》指出：『绿，王刍也。』王船山《楚辞通释》说：『菉，王刍，叶似竹开碧花，草本谓之鸭脚步，欲呼竹叶菜。』

葹（shī 施）：草名，即苍耳。王逸《楚辞章句》分析说：『葹，枲（xǐ 徙）耳也。』王船山《楚辞通释》说：『葹，枲耳，苍耳也。』本句的意思是说别人室内堆积的是普通杂草。

盈室：堆满房子。朱熹《楚辞集注》指出：『盈室，喻满朝也。』

判：分别，区别，别异。王逸《楚辞章句》分析说：『判，别也。』

独离：与众不同。王逸《楚辞章句》考辨说：『女嬃言众人皆佩薋、菉、枲耳，为逸佞之行，满于朝廷，而获富贵，汝独服兰蕙，守忠直，判然离别，不与众同，故斥弃也。』王船山《楚辞通释》说：『离，弃也。言汝独别异，不佩服之。』戴震《屈原赋注》指出：『薋葹喻众人之所尚，原独判然舍弃之。』

众不可户说兮，孰云察余之中情？
世并举而好朋兮，夫何茕独而不予听？
依前圣以节中兮，喟凭心而历兹。
济沅、湘以南征兮，就重华而陈词：
启《九辩》与《九歌》兮，夏康娱以自纵。

注释

众：言众误会。汪瑗《楚辞集解》指出：『众，举一世而言也。』

户说：挨家挨户地解释。王逸《楚辞章句》分析说：『户说，人告。』朱熹《楚辞集注》指出：『众人不可户户而说。』游国恩《离骚纂义》指出：『户说，户户而说以剖明己心也。』

余：咱们。第一代称代名词复数，说话人把自己包括进去，表达话语的中肯，感情的真挚。王船山《楚辞通释》说：『察余之余，代原自称。』

中情：衷曲，本心。王逸《楚辞章句》考辨说：『屈原外困群佞，内被姊詈。知世莫识，言己之心志所执，不可户人告，谁当识我之中情之善否也。』

世：世人，世俗之人。王逸《楚辞章句》分析说：『世俗之人。』

并举：相互抬举、吹捧。并，相当于现代汉语中的都、皆。

好朋：喜欢成群结党。王逸《楚辞章句》分析说：『朋，党也。』

茕（qióng 穷）独：孤单、孤独，这里是孤傲的意思。茕，无兄弟；独，无子。王逸《楚辞章句》分析说：『茕，独也。』钱杲之《离骚集传》指出：『茕，苦也。』

不予听：不听予的倒文，不听予即不听我的话。予，女嬃自谓。钱杲之《离骚集传》指出：「女嬃谓人皆好朋，汝何茕苦独处，而不听我言。」

依：依照，遵循。汪瑗《楚辞集解》指出：「依，遵也。」

节中：折中，不偏不倚。节，调节，节制。中，中情。钱杲之《离骚集传》指出：「节，犹制也。」

喟（kuì溃）：叹息。王逸《楚辞章句》分析说：「喟，叹也。」王船山《楚辞通释》说：「喟，叹其不然之辞。」

凭：满，指愤懑。王逸《楚辞章句》分析说：「喟然舒愤懑之心。」钱杲之《离骚集传》指出：「凭者，恚满盛气之貌。」

历兹：经历至此，经历到此种不幸。王逸《楚辞章句》考辨说：「历，数也。兹，此也。言已所言皆依前代圣王之法，节气中和，喟然舒愤懑之心，历数前世成败之道而为作此词也。」朱熹《楚辞集注》指出：「历，经历之意。」王船山《楚辞通释》说：「历兹，谓涉历此世。」

济：渡水。王逸《楚辞章句》分析说：「济，渡也。」

沅、湘：沅江、湘江，都在今湖南省境内，流入洞庭湖。

南征：南行，向南方去。王逸《楚辞章句》分析说：「征，行也。」

重华：帝舜的名字。相传虞舜葬在湖南宁远的九嶷山，在沅江和湘江之南，所以向重华陈词要向南渡过沅江和湘江。王逸《楚辞章句》分析说：「重华，舜名也。《帝系》曰：瞽叟生重华，是为帝舜，葬于九疑山，在沅湘之南。」朱熹《楚辞集注》指出：「重华，舜号也。」

敶词：陈志，诉说心底话。敶，「陈」的异体字。钱杲之《离骚集传》指出：「舜葬九疑，在苍梧郡，故原欲就而陈词，伤世人莫己知也。」蒋骥《山带阁注楚辞》指出：「因女嬃之言而自疑，故就前圣以正之。又以鲧为舜所殛，而九疑于楚为近，故正之于舜也。」

启：传说为夏禹的儿子，继禹为君，创建了夏王朝。王逸《楚辞章句》分析说：「启，禹子也。」

九辩、九歌：古乐曲名。传说都是夏启从天帝那里偷到人间的。王逸《楚辞章句》考辨说：「九辩、九歌，禹乐也。言禹平治水土伊有天下，启能承先志，缵叙其业，育养品类，故九州之物，皆可辩数，九功之德，皆有次序而可歌也。左氏传曰：六府三事，谓之九功，九功之德皆可歌也左。水火金木土，谓之六府，正德、利用、厚生，谓之三事。」戴震《屈原赋注》指出：「言启作九辩、九歌，示法后王，而夏之失德也，康娱自纵，以致丧乱。」可备参考。

夏：指夏启。汪瑗《楚辞集解》指出：「夏，禹有天下之号。」游国恩《离骚纂义》指出：「然窃谓夏者，谓夏王也，犹下文不言文武，而言周也。上言启而下言夏，变词以避复耳。……以夏康连文为指太康，试问娱以自纵，又复成何文法？观下文羿淫游以佚畋，不曰后羿淫以佚畋；曰康娱而自忘，亦不曰浇娱而自亡，如此之类，尤难缕述。则知屈子辞例凡以而等连词，其上下曾用同一字数之词配之（通常皆用两字为一词），从无上下参差其词者，然后断知此文康娱为一词，不属上为夏康自纵二字，则承足康娱之义者也。」

康娱：寻欢作乐。王逸《楚辞章句》分析说：「娱，乐也。」汪瑗《楚辞集解》指出：「康娱，犹言逸豫也。」戴震《屈原赋注》指出：「康娱二字连文，篇内凡三见。」

自纵：放纵自己，无所约束。王逸《楚辞章句》分析说：「纵，放也。」汪瑗《楚辞集解》指出：「纵，放恣也。」

不顾难以图后兮，五子用失乎家巷。

羿淫游以佚畋兮，又好射夫封狐。

固乱流其鲜终兮，浞又贪夫厥家。

浇身被服强圉兮，纵欲而不忍。

注释

不顾难：看不到未来的祸难。王逸《楚辞章句》分析说：「不顾患难。」

图后：为未来做打算。王逸《楚辞章句》分析说：「图，谋也。……不谋后世。」

五子：夏启的五个儿子。郭沫若《屈原赋今译》指出：「武观即《书》逸篇五子之歌（今存者乃梅赜伪本），亦即本节所出之五子。……五武音同字通，实一人，非五人。五子误为五人，其事甚古。」游国恩《离骚纂义》指出：「五子者，即五观，亦即武观，启之奸子，非伪古文所谓作歌述禹戒者。……盖屈子《离骚》《天问》中所引古事，多与《纪年》《逸书》《山海经》等书相应。此条所云，即述启之荒乐，而不顾其后，以致起五观叛乱之事也。……盖五观内乱是一事，《竹书》《楚辞》所述是也。羿距太康及昆弟五人须洛汭，又自一事，《左传》《书序》所述是也。」

用失乎：应作用夫或用乎，因之的意思。「失」字为衍文，应删去。用，因。郭沫若《屈原赋今译》指出：「余意失字实夫字之伪，盖古本一作夫，一作乎，作夫者伪为失，后录书者遂合二本而成为此语。」游国恩《离骚纂义》指出：「失字断为衍文无疑。」王逸《楚辞章句》考辨说：「言夏王太康不遵禹、启之乐，而更作淫声，放纵情欲，以自娱乐，不顾患难，不谋后世，卒以失国。兄弟五人，皆居于闾巷，失尊位也。《尚书》序曰，太康失国，昆弟五人，须于洛汭，作《五子之歌》，此佚篇也。」

家巷（hòng 哄）：即家閧（hòng 讧），閧又作鬨。家巷，就是内讧，内部斗争。

羿（yì 义）：即后羿，传说是夏代有穷国的君主，射箭能手，曾起兵推翻夏启儿子太，夺取夏的政权。

淫游：无节制地游乐。淫，过度，过分。汪瑗《楚辞集解》指出：「淫，过也。无事而漫遨曰游。」

佚（yì 意）：放纵，放荡。汪瑗《楚辞集解》指出：「佚，纵恣也。」

畋（tián 田）：打猎。王逸《楚辞章句》分析说：「畋，猎也。」

封狐：大的狐狸，泛指大野兽。这里是用来影射后羿好色淫乱。王逸《楚辞章句》分析说：「封狐，大狐也。言羿为诸侯，荒淫游戏，以佚田猎，又射杀大狐，犯天之孽，以亡其国也。」

乱流：淫乱之流、淫乱之徒。王船山《楚辞通释》说：「横流而渡曰乱流，言不顺理也。」游国恩《离骚纂义》指出：「犹言纂乱之徒也。」

鲜终：没有好下场、很少有好下场。鲜，少；终，结果，下场。王逸《楚辞章句》分析说：「鲜，少也。」汪瑗《楚辞集解》指出：「鲜终，谓少有得善其终也。」

浞（zhuó 浊）：人名，即寒浞，相传是后羿的相，因贪恋后羿之妻的美貌，勾结羿的家臣逢蒙把羿杀死，强占了他的妻子。王逸《楚辞章句》分析说：「浞，寒浞，羿相也。」

贪：贪取，霸占。

厥家：他的家室，即指后羿的妻子纯狐。厥，与其同义；家，家室，妻室。王逸《楚辞章句》分析说：「妇谓之家。言羿因夏衰乱，代之为政，娱乐畋猎，不恤民事，信任寒浞，使为国相。浞行媚于内，施赂于外，树之诈愚而专其权势。

羿畋将归，使家臣逢蒙射而杀之，贪取其家，以为己妻。』王逸《楚辞章句》分析说：『言浞娶于纯狐氏女，眩惑爱之，遂与浞谋杀羿也。』

浇（ào傲）：通奡（ào傲），人名，过浇，寒浞之子。王逸《楚辞章句》分析说：『浇，寒浞子也。』

被服：即披服，引申具有、依仗的意思。游国恩《离骚纂义》指出：『力之在身，犹衣之被体，故以被服言之。』

强圉（yǔ语）：强暴有力。王逸《楚辞章句》分析说：『强圉，多力也。』游国恩《离骚纂义》指出：『浇绝有力，故云被服强圉。……被服强圉者，犹云负此绝人之力也。』本句的意思是说寒浇自持身强体壮。

纵欲：放纵情欲，欲同慾。王逸《楚辞章句》分析说：『纵，放也。』蒋骥《山带阁注楚辞》指出：『纵欲，如淫于女歧之类。』

不忍：无节制、过度的意思。王逸《楚辞章句》分析说：『不忍其慾。』戴震《屈原赋注》指出：『不忍，谓不能自止其欲也。』

日康娱而自忘兮，厥首用夫颠陨。
夏桀之常违兮，乃遂焉而逢殃。
后辛之菹醢兮，殷宗用而不长。
汤、禹俨而祗敬兮，周论道而莫差。

注释

日：整天、每日、天天。

自忘：得意忘形，忘乎所以的意思。王船山《楚辞通释》说：『自忘，忘其身之危也。』游国恩《离骚纂义》指出：『康娱自忘，即上文康娱自纵之意。』

厥首：他的头颅，指浇的头。王逸《楚辞章句》分析说：『首，头也。』

用夫：因而。

颠陨：坠落、落地。王逸《楚辞章句》分析说：『自上下曰颠。陨，坠也。言浇既灭杀夏后相，安居无忧，日作淫乐，忘其过恶，卒为相子少康所诛，其头颠陨而坠地。自此以上，羿浇寒浞之事，皆见于《左氏传》。』

夏桀：夏代亡国的暴君。王逸《楚辞章句》分析说：『桀，夏之亡王也。』

常违：违背常理、反常。朱熹《楚辞集注》指出：『违，背也，言背道也。』

遂焉：终然，终于。遂，竟。

逢殃：遭遇祸殃。据《史记·夏本纪》载，夏桀被商汤放逐于南巢（今安徽巢县附近），因而亡国。王逸《楚辞章句》分析说：『殃，咎也。言夏桀上背于天道，下逆于人理，乃遂以逢殃咎，终为殷汤所诛灭。』朱熹《楚辞集注》指出：『逢殃，为汤所放也。』游国恩《离骚纂义》指出：『遂焉逢殃者，言毕竟遭放代之咎也。文义与上文终然殀乎羽之野同。』

后辛：商纣王。后，君；辛，纣名。纣是谥号。王逸《楚辞章句》分析说：『后，君也；辛，殷之亡王纣名也。』

之：使用。

菹醢（zū hǎi祖海）：古代一种酷刑，把人剁成肉酱，这里用来指纣王残杀比干梅伯之事。王逸《楚辞章句》分析说：『纣……杀比干剖其心……』

殷宗：殷代的宗祀，即商朝。

用而：同用夫，因之，因而。钱杲之《离骚集传》指出：『用，犹以也。』

不长：不长久。王逸《楚辞章句》分析说：『言纣为无道，杀比干，醢梅伯，武王杖黄钺，行天罚，殷宗遂绝，不得长久也。』钱杲之《离骚集传》指出：『殷宗以此遂绝，不长久。』

汤、禹：指商汤和夏禹。

俨（yǎn演）：严肃、认真、小心谨慎的意思。王船山《楚辞通释》说：『俨，庄恪也。』

祗（zhī枝）：恭敬。祗敬，恭恭敬敬。王逸《楚辞章句》分析说：『祗，敬也。』

周：指周代文王、武王等君主。王逸《楚辞章句》分析说：『周，周家也。』

论道：谈论治国之道。朱熹《楚辞集注》指出：『讲论道义。』

莫差：没有差错。王逸《楚辞章句》分析说：『差，过也。』钱杲之《离骚集传》指出：『莫差，无差失也。』汪瑗《楚辞集解》指出：『莫差，谓讲论治道而无有一毫之差错也。』

举贤而授能兮，循绳墨而不颇。
皇天无私阿兮，览民德焉错辅。
夫维圣哲以茂行兮，苟得用此下土。
瞻前而顾后兮，相观民之计极。

注释

举贤：选拔、推荐贤才。

授能：授权重用有才能的人。王逸《楚辞章句》分析说：『言三王选士，不遗幽陋，举贤用能，不顾左右。』

循：遵循，遵守。

绳墨：规矩、法度。

颇：偏差、错误。王逸《楚辞章句》分析说：『颇，倾也。言三王选士，不遗幽陋，举贤用能，不顾左右，行用先圣法度，无有倾失，故能绥万国安天下。』朱熹《楚辞集注》指出：『举贤才，遵法度，而无偏颇。』

皇天：上天。

私阿：偏私，偏袒。王逸《楚辞章句》分析说：『窃爱为私，所私为阿。』钱杲之《离骚集传》指出：『偏爱为私，徇私为阿。』

民德：人的品德。

错：同『措』，设置，安排。王逸《楚辞章句》分析说：『错，置也。』游国恩《离骚纂义》指出：『错者，犹布置安排之谓。』

辅：扶助、辅佐。王逸《楚辞章句》分析说：『辅，佐也。言皇天神明，无所私阿，观万民之中有道德者，因置以为君，使贤能辅佐，以成其志。故桀为无道传与汤，纣为淫传与文王。』游国恩《离骚纂义》指出：『盖二语只言有德之君，天必从而助之，俾其国祚绵延。上文禹汤文武，下文之圣哲是也。言外有不道之君，必不能久享其国之意，如上云逢殃之桀，覆宗之纣是也。』

维：同唯，唯独，只有。汪瑗《楚辞集解》指出：「维，独也。」

圣哲：指古代有德有才的帝王。王逸《楚辞章句》分析说：「哲，智也。」汪瑗《楚辞集解》指出：「圣哲以人而言。」

茂行：盛德广大的行为。王逸《楚辞章句》分析说：「茂，盛也。」钱杲之《离骚集传》指出：「茂性，美行也。」

苟得：才能够。钱杲之《离骚集传》指出：「苟，犹庶几也。」王船山《楚辞通释》说：「苟，乃也。」

用：享用，享有。汪瑗《楚辞集解》指出：「用，犹有也。」游国恩《离骚纂义》指出：「用，犹言享有也……盖言有茂行之圣哲，乃真能享有天下也。」

下土：国土，即天下。王逸《楚辞章句》分析说：「下土，谓天下也。」蒋骥《山带阁注楚辞》指出：「下土，下土之人也。」

瞻前：观察前世。王逸《楚辞章句》分析说：「瞻，观也。」

顾后：预瞻后世。王逸《楚辞章句》分析说：「顾，视也。」朱熹《楚辞集注》指出：「前谓往昔之是非，后谓将来之成败。言瞻前顾后，则人事之变尽矣。」钱杲之《离骚集传》指出：「前谓古也，后谓今也。」

相（xiàng象）观：观察、了解的意思。王逸《楚辞章句》分析说：「相，视也。」钱杲之《离骚集传》指出：「相，亦观也。」汪瑗《楚辞集解》指出：「相者，视之审也。观者，视之周也。」

计极：衡量事物的标准，这里指人民的最大愿望。计，计算，衡量；极，终极，标准，极则。蒋骥《山带阁注楚辞》指出：「极，标准也。」游国恩《离骚纂义》指出：「盖计极者，及极计，……犹言极则。此承上言，览察往古兴亡之事，以推断成败之极则。」王逸《楚辞章句》考辨说：「言前观汤禹之所以兴，顾视桀纣之所以亡，足以观察万民忠佞之谋，穷其真伪也。」

夫孰非义而可用兮？孰非善而可服？
阽余身而危死兮，览余初其犹未悔。
不量凿而正枘兮，固前修以菹醢。
曾歔欷余郁邑兮，哀朕时之不当。

注释

非义：这里指不义，无义之人。

用：为、做的意思。

非善：不善，不善之人。

服：行、做的意思。朱熹《楚辞集注》指出：「唯义可，唯善为可行也。」钱杲之《离骚集传》指出：「义乃可用于世，善乃可服于人，古今必然。」王逸《楚辞章句》考辨说：「服，服事也。言世之人臣，谁有不行仁义而可任用，谁有不行信善而可服事者乎？言人非义则德不立，非善则行不成。」

阽（diàn电）：濒临危险。这里是使动用法，使……临近危险。王逸《楚辞章句》分析说：「阽，犹危也。」

危死：面临死亡的危险。这里指险些死去，几乎死去。朱熹《楚辞集注》指出：「危死，言几死也。」

览：回想、回顾的意思。

余初：我最初的志向。初，初衷，本心。汪瑗《楚辞集解》指出：「初，初志也。言虽阽余身而置于险难之中，死亡之地，然反观内察其己之初志，适得吾心之所善，而终未尝有一毫怨恨之悔意也。」王逸《楚辞章句》考辨说：「言己正言危行，身将死亡，尚观初世伏节之贤士，我志所乐，不悔恨也。」

量（liáng凉）：测量，度量。王逸《楚辞章句》分析说：「量，度也。」

凿：木工所凿的孔，器物上的穿孔，俗称榫（sǔn笋）眼。

正：削正，做好。王逸《楚辞章句》分析说：「正，方也。」朱熹《楚辞集注》指出：「正，谓审其正而纳之也。」

枘（ruì锐）：木楔，榫头的意思。王逸《楚辞章句》分析说：「枘所以充凿，言工不量度其凿，而方正其枘，则物不固而不破矣。臣不度君贤愚，竭其忠信，则被罪过而身殆也。」

前修：前代贤人。王逸《楚辞章句》分析说：「言工不量度其凿而方正其枘，则物不固而木破矣。臣不度君贤愚，竭其忠信，则被罪过，而身殆矣。自前世修名之人，以获菹醢，龙逢、梅伯诸人是也。」汪瑗《楚辞集解》指出：「前修指往古之忠臣义士也。」

曾：同「增」，愈加、不断的意思。王逸《楚辞章句》分析说：「曾，累也。」游国恩《离骚纂义》指出：「曾作层，重累不已之意。」

歔欷（xū xī虚希）：哭泣的声音。王逸《楚辞章句》分析说：「歔欷，哀泣之声也。」钱杲之《离骚集传》指出：「歔欷，短息也。」戴震《屈原赋注》指出：「歔欷，悲者口鼻出气。」

郁邑：烦恼，烦忧，苦闷。王逸《楚辞章句》分析说：「郁邑，忧也。」

时之不当：生不逢时。王逸《楚辞章句》分析说：「自哀生不当举贤之时，而值菹醢之世也。」

揽茹蕙以掩涕兮，霑余襟之浪浪。

跪敷衽以陈辞兮，耿吾既得此中正。

驷玉虬以椉鷖兮，溘埃风余上征。

朝发轫于苍梧兮，夕余至乎县圃。

注释

茹蕙：柔软的香草。王逸《楚辞章句》分析说：「茹，柔耎（软）也。」

霑：即沾（zhān占），浸湿。王逸《楚辞章句》分析说：「霑，濡（rú如）也。」

襟：衣襟。这里指衣的前襟，即胸襟。

浪（láng郎）浪：水流不止的样子。这里比喻泪流不止。王逸《楚辞章句》分析说：「浪浪，流貌也。」游国恩《离骚纂义》指出：「浪浪与悢悢（láng郎）同，……此承上言生不逢时，故不禁哀感涕泣，涟洏而不能自已也。」

敷（fū夫）衽（rèn认）：铺开衣襟。敷，铺开。衽，衣襟，即指长袍前下摆。王逸《楚辞章句》分析说：「敷，布也。衽，衣前也。」钱杲之《离骚集传》指出：「衽，衣衽，掩裳际者，跪则敷布于左右。」

陈辞：指上文向重华的陈述己志。钱杲之《离骚集传》指出：「陈词，即上所陈于重华之词。」

耿：光明，明亮的意思。王逸《楚辞章句》分析说：「耿，明也。」钱杲之《离骚集传》指出：「耿，光也。」戴震《屈原赋注》指出：「耿，犹昭也。」王逸《楚辞章句》分析说：「论说治道明白也。」

中正：正道。王逸《楚辞章句》分析说：「言己上睹禹汤文王修德以兴，下见羿浇桀纣行恶以亡，中知龙逢比干执履忠直，身以菹醢，乃长跪布衽，俯首自念，仰诉于天，则中心晓明，得此中正之道。精合真人，神与化游。故设乘云驾龙，周历天下，以慰己情，缓忧思也。」蒋骥《山带阁注楚辞》指出：「中正，理之不偏邪者。」这里比喻自己因得圣人之道而心里明亮。

驷（sì 四）：古代权贵用四匹马拉车，四匹马为驷。这里作动词用，驾的意思。汪瑗《楚辞集解》指出：「驷，犹乘也。」

玉虬（qiú 求）：佩戴玉饰的一种无角的龙。驷玉虬是以玉虬为马。王逸《楚辞章句》分析说：「有角曰龙，无角曰虬。」王船山《楚辞通释》说：「玉虬，白龙。」

鹥（yī 衣）：凤凰的别称。

溘（kè 克）：突然的意思。游国恩《离骚纂义》指出：「此溘字亦形容上征之速。」

埃风：带有尘埃的大风。王逸《楚辞章句》分析说：「埃，尘也。言我设往行游，将乘玉虬，驾凤车，掩尘埃而上征去，离世俗远群小也。」

上征：飞上天。征，飞。朱熹《楚辞集注》指出：「……埃风忽起，而余遂乘龙跨凤以上征也。然此以下，多假托之词，非实有是物与是事也。」游国恩《离骚纂义》指出：「溘埃风余上征者，盖亦倒句，言余霎时飚举，随埃风而上征于天也。……此下大抵皆想象之词。」

发轫（rèn 刃）：打开车闸，启程的意思。发，举起，打开。轫，停车时用来阻止车轮转动的木头，行车时先把轫移开，所以「发轫」引申为动身、启程的意思。

苍梧：山名，在今湖南省宁远县东南，传说是舜帝葬的地方，即九嶷山。

县圃：即悬圃，神话传说中的地名，在昆仑上。县，通「悬」。王逸《楚辞章句》分析说：「县圃，神山也。在昆仑之上。《淮南子》曰：昆仑、县圃，维乃通天。言已朝发帝舜之居，夕至县圃之山，受道圣王，而登神明之山。」

欲少留此灵琐兮，日忽忽其将暮。
吾令羲和弭节兮，望崦嵫而勿迫。
路曼曼其修远兮，吾将上下而求索。
饮余马于咸池兮，总余辔乎扶桑。

注释

少留：稍事休息。

灵琐：指神境的大门。灵，神灵。琐，门扇上雕刻的花纹，代指门。王逸《楚辞章句》分析说：「灵，神之所在也。琐，门有青琐也。言未得入门，故欲小住门外。」蒋骥《山带阁注楚辞》指出：「《山海经》，昆仑山帝之下都，面有九门百神之所在，今先经过昆仑之县圃，仙人所居，拟暂留驻，而时已晚，恐稽其曼曼修远之程途，而不能上下求索耳。……唯屈子为此想象之词，所言者神灵之居，宜读灵如字。」

忽忽：匆匆，很快的意思。

羲（xī 希）和：神话传说中人物，给太阳驾车的人。王逸《楚辞章句》分析说：「羲和，日御也。」

弭（mǐ 米）节：缓行。弭，停止。节，鞭，车行的节度，即速度。王逸《楚辞章句》分析说：「弭，按也。按节，徐步也。」蒋骥《山带阁注楚辞》指出：「弭，止也。节，行车进退之节。」

崦嵫（yān zī 奄兹）：神话中的山名，传说中的太阳落山的地方。王逸《楚辞章句》分析说：「崦嵫，日所入山也，下有蒙水，水中有虞渊。」

迫：迫近，接近。王逸《楚辞章句》分析说：「迫，附也。……欲令日御按节徐行，望日所入之山，且勿附近，冀及盛时遇贤君也。」蒋骥《山带阁注楚辞》指出：「言使望日所入之山而弗附近，日薄崦嵫，是忽忽暮矣，故屈子令日御勿遂薄之，冀稍延景光，以便上下求索也。」

曼曼：同「漫漫」，长远、遥远的样子，形容道路漫长。

修远：长远。修，长。王逸《楚辞章句》分析说：「修，长也。」

上下：上下左右，等于说到处。

求索：寻找，寻求。即寻求真理、答案，比喻寻求贤君。王逸《楚辞章句》分析说：「言天地广大，其路曼曼，远而且长，不可卒至，吾方上下左右，以求索贤人，与己合志者也。」朱熹《楚辞集注》指出：「求索，求贤君也。」

饮（yìn印）：给牲畜水喝。这里是使动用法，让……喝水的意思。

马：这里用马代指座驾，指上文提到的驾凤车的玉虬。

咸池：神话中太阳出来时洗澡的天池。王逸《楚辞章句》分析说：「咸池，日浴池也。」王逸《楚辞章句》分析说：「咸池，星名，盖天池也。」

总：系（jì计）结，打结，系上。王逸《楚辞章句》分析说：「总，结也。」

辔（pèi配）：指虬、鹥身上的缰绳。

扶桑：神话中的一种树名，长在日出的东方。王逸《楚辞章句》分析说：「扶桑，日所拂木也。《淮南子》曰：日出旸谷，浴乎咸池，拂于扶桑。爰始将行，是谓朏明。言我乃往至东极之野，饮马于咸池，与日俱浴，以洁己身。结我车辔，于扶桑，以留日行，幸得不老，延年寿高大也。」

折若木以拂日兮，聊逍遥以相羊。

前望舒使先驱兮，后飞廉使奔属。

鸾皇为余先戒兮，雷师告余以未具。

吾令凤鸟飞腾兮，继之以日夜。

注释

若木：神话传说中的一种树，据说生长在日落的西方。王逸《楚辞章句》分析说：「若木在昆仑西极，其华照下地。」

拂日：拂拭太阳，使它更加明亮。蒋骥《山带阁注楚辞》指出：「拂日者，拭之使益明也。……言但使羲和弭节，尚恐其行难缓，故又身就日所浴所出之处，而拂拭其光。」屈原复注：「日夕无光，拂拭之使明也。」

聊：暂且，姑且。王逸《楚辞章句》分析说：「聊，且也。」

逍遥：悠然自得的样子，用来形容无所拘束，从容自得的意思。王逸《楚辞章句》分析说：「逍遥，相羊，皆游也。」游国恩《离骚纂义》指出：「逍遥相羊，皆从容自得之貌，言既使日倒行，则时光未促，可以从容不迫，以求索也。」

相羊：徘徊逗留的意思，同「徜徉」（cháng yáng常阳）。洪兴祖《楚辞补注》认为：「相羊，犹徘徊也。」

望舒：神话传说中给月亮驾车的人。王逸《楚辞章句》分析说：「望舒，月御也。」

先驱：先锋，开路先锋。洪兴祖《楚辞补注》认为：『《史记·周本纪》云：百夫荷罕旗以先驱，颜师古云，先驱，导路也。李善云，先驱，前驱也。』

飞廉：神话传说中的风神。王逸《楚辞章句》分析说：『飞廉，风伯也。风为号令，以喻君命，言已使清白之臣如望舒，先驱求贤，使风伯奉君命于后，以告百姓。飞廉、风伯，神名也。或曰，驾乘龙云，必假疾风之力，使奔属于后也。』

奔属（zhǔ 拄）：跟随在后面奔跑。钱杲之《离骚集传》指出：『奔属，奔而相连属也。』王船山《楚辞通释》说：『奔属，疾趋相连属也。』

鸾（luán 栾）皇：鸾鸟凤凰。钱杲之《离骚集传》指出：『鸾皇，亦鸾之雌也。』

先戒：先行警戒，在前面警戒开道。汪瑗《楚辞集解》指出：『戒谓戒严其道，先戒犹先驱也。』

雷师：神话传说中的雷神。洪兴祖《楚辞补注》认为：『《春秋合诚图》云，轩辕主雷雨之神。』钱杲之《离骚集传》指出：『雷师，雷神也。……雷师主号令……』

未具：没有准备好。王逸《楚辞章句》分析说：『雷为诸侯，以兴于君。言已使仁智之士如鸾皇，先戒百官，将往适道，而君怠惰，告我严装未具。』汪瑗《楚辞集解》指出：『具，备也，指车架而言。告以未具，正言其将具而尚未具，非不备之谓也。』王船山《楚辞通释》说：『雷师未具，其言其情之迫也。』蒋骥《山带阁注楚辞》指出：『具，备也。使风之佐匹前戒，而雷师犹谓使未备，故又使凤鸟亲行而诸神毕至也。』游国恩《离骚纂义》指出：『必以雷师言者，为号令一发，即便启行。今雷师告以未具，意若曰，行装尚未部署停当，且稍待耳。此文章之顿挫，非有托辞阻止之意也。』

凤鸟：即总指上文的鹥和鸾鸟等灵鸟。朱熹《楚辞集注》认为：『凤，灵鸟也。』

飞腾：飞驰。汪瑗《楚辞集解》指出：『腾，飞之速也。』

继之以日夜：夜以继日，日夜兼程。王逸《楚辞章句》考辨说：『言我使凤鸟明智之士飞行天下，以求同志，续以日夜冀相逢遇也。』汪瑗《楚辞集解》指出：『因雷师告之以未具，故复使凤鸟飞腾以催促也。继之以日夜，谓使凤鸟日夜并进也。』

飘风屯其相离兮，帅云霓而来御。

纷总总其离合兮，斑陆离其上下。

吾令帝阍开关兮，倚阊阖而望予。

时暧暧其将罢兮，结幽兰而延伫。

注释

飘风：旋风，回风。王逸《楚辞章句》考辨说：『回风为飘，飘风无常之风，以兴邪恶之众也。屯其相离，言不与己和合也。』

屯其相离（lì 丽）：聚合附着之义。屯，聚合。离，附着的意思。王船山《楚辞通释》说：『屯，聚也。离，丽也，附也。』游国恩《离骚纂义》指出：『飘风屯其相离者，谓上征于天，天高风急，聚于太空，紧相追逐，如附丽于车架然也。』

帅：通『率』，率领的意思。汪瑗《楚辞集解》指出：『帅，统而帅之也。盖飘风起而云霓为所驱逐，若有帅之者，虽为离，亦自有意。』

云霓（ní泥）：彩虹，一种雨后的自然现象，是由日光折射雨点而形成的一种云气。王逸《楚辞章句》考辨说：「云霓，恶气也。以喻佞人。」洪兴祖《楚辞补注》指出：「郭氏（郭璞）云，雄曰虹，谓明胜者；雌曰霓，谓暗微者。虹者，阴阳交会之气，云薄漏日，日照雨滴，则虹生。」

御：迎接的意思。王逸《楚辞章句》考辨说：「御，迎也。言己使凤鸟往求同志之士，欲与俱共事君，反见邪恶之人相与屯聚，谋欲离己。又遇佞人相帅来迎，欲使我变节以随之也。」

纷总总：指云霓越聚越多的样子。王逸《楚辞章句》考辨说：「纷，盛多貌。总总，犹僔僔，聚貌。」

离合：忽离忽合，聚散不定的样子。这里用来形容云霓在旋风中流动多变。

斑陆离：色彩斑斓、光怪炫目的样子。这里是用来形容云霓的五彩缤纷、光亮炫目。钱杲之《离骚集传》指出：「陆离，光耀也。或离或合，或上或下，言仪从之盛。」游国恩《离骚纂义》指出：「陆离与斑义同，皆纷乱错杂也之意。」

上下：上上下下、忽高忽低。

帝阍（hūn昏）：为天帝守门的人。阍，守门的人。王逸《楚辞章句》考辨说：「帝，谓天帝。阍，主门者也。」

开关：开门。关，这里指用来栓门的门栓。

阊阖（chāng hé昌和）：天门。王逸《楚辞章句》考辨说：「阊阖，天门也。言己求贤不得，疾谗恶佞，将上诉天帝，使阍人开关，又倚天门望而距我，使我不得入也。」朱熹《楚辞集注》认为：「令帝阍开门，将入见帝，更陈已志。而阍不肯开，反倚其门望而拒我，使不得入，盖求大君而不遇之比也。」

时：时光、时日、天时的意思。

暧暧（ài爱）：昏暗不明的样子。王逸《楚辞章句》考辨说：「暧暧，昏昧貌。」洪兴祖《楚辞补注》指出：「暧，日不明也。」蒋骥《山带阁注楚辞》指出：「暧暧，则终日暮也。」

罢：结束、完结的意思。王逸《楚辞章句》考辨说：「罢，极也。」钱杲之《离骚集传》指出：「将罢，谓日昏暮，人将罢散也。」蒋骥《山带阁注楚辞》指出：「将罢，意不欲前也。」游国恩《离骚纂义》指出：「罢当从《章句》训为极，将罢，犹云将尽，不以精力疲困言。」

结幽兰：绑好用幽兰做的饰物的佩带。

延伫：呆呆地站立，不忍离开的意思。朱熹《楚辞集注》认为：「言以芳香自洁，而无所趋向也。」汪瑗《楚辞集解》指出：延，迟缓也。伫，久立也。」钱杲之《离骚集传》指出：「延引伫立。」蒋骥《山带阁注楚辞》指出：「司阍者虽未显然见拒，而其意莫不相亲，故延伫而不入也。」王逸《楚辞章句》考辨说：「言世时世昏昧，无有明君。周行罢极，不遇贤士，故结芳草，长立有还意。」

世溷浊而不分兮，好蔽美而嫉妒。
朝吾将济于白水兮，登阆风而绁马。
忽反顾以流涕兮，哀高丘之无女。
溘吾游此春宫兮，折琼枝以继佩。

注释

世溷（hùn混）浊：时世混乱恶浊。王逸《楚辞章句》分析说：「溷，乱也。浊，贪也。」游国恩《离骚纂义》指出：「世者，谓当时人世。」

不分：善恶不分，美丑无别。汪瑗《楚辞集解》指出：「不分，犹言无别也。」游国恩《离骚纂义》指出：「不分，言溷浊不清。」

蔽美：掩蔽美好东西。这里指压制贤良。王逸《楚辞章句》分析说：「言时世君乱臣贪，不别善恶，好蔽美德，而嫉妒忠信也。」朱熹《楚辞集注》指出：「既不得入天门，以见上帝，于是叹息世之溷浊而嫉妒。盖其意若曰，不意天门之下，亦复如此，于是去而它适也。」钱杲之《离骚集传》指出：「言已延伫踌躇者，深恶世俗，欲去之。」汪瑗《楚辞集解》指出：「蔽美，犹言蔽贤也。」游国恩《离骚纂义》指出：「前七章设言上征帝所，而终于不得入见，徙跂立鹄候于门外，此虚境也。」

嫉妒：嫉妒有才能的人。

白水：神话中的河流名，发源于昆仑山，传说饮其水后不久人将不死。王逸《楚辞章句》分析说：「《淮南子》曰，白水出昆仑之山，饮之不死。」游国恩《离骚纂义》指出：「白水，……乃神话水名，不必凿指为河水也。」

阆（làng 浪）风：神话中的地名，在昆仑山上。王逸《楚辞章句》分析说：「阆风，山名，在昆仑之上。」游国恩《离骚纂义》指出：「《淮南》原有县圃阆风，则当分而为二明矣。」

绁（xiè 谢）马：系（jì 计），拴马。绁，亦作緤，系、拴的意思。王逸《楚辞章句》分析说：「绁，系也。言已见中国溷浊，则欲渡白水，登神山，屯车系马，而留止也。」

反顾：同「返顾」，回头看。

高丘：即阆风，一说指楚国的山名。王逸《楚辞章句》分析说：「楚有高丘之山。」汪瑗《楚辞集解》指出：「丘，土之高者，故曰高丘。……自反顾二字观之，则又似指楚也。」闻一多《楚辞解诂》认为：「案本书他篇指称高丘者，如「哀高丘之赤岸兮，遂没身而不反。」——《七谏·哀命篇》「声哀哀而怀高丘兮，心愁愁而思旧邦。」——《九叹·逢纷篇》……并谓高丘为楚山名。《文选·高唐赋》神女曰「妾在巫山之阳，高丘之岨」，此尤高丘为楚山名之确证。」王逸《楚辞章句》考辨说：「楚有高丘之山，女以喻臣，言已虽去，意不能已，犹复顾念楚国无有贤臣，心为之悲而流涕也。或云，高丘，阆风山上也。……旧说：高丘，楚地名也。」

女：神女，比喻能了解屈原思想的贤君。王逸《楚辞章句》分析说：「无女，喻无与己同心也。」朱熹《楚辞集注》指出：「女，神女，盖以比贤君也。于此又无所遇，故下章欲游春宫，求虙妃，见佚女，留二姚，皆求贤君之意也。」

溘：一会儿。王逸《楚辞章句》分析说：「溘，奄也。」「溘吾」即「吾溘」。

春宫：神话中东方春神的仙宫。王逸《楚辞章句》分析说：「春宫，东方青帝舍也。」

琼枝：玉树枝条。汪瑗《楚辞集解》指出：「琼枝，玉树之枝也。」下文「折琼枝以为羞」即申此义。

继佩：修补佩饰。继，续，接。王逸《楚辞章句》分析说：「继，续也。言已行游，奄然至于青帝之舍，观万物始生，皆出于仁，复折琼枝以续佩，守仁行义，志弥固也。」钱杲之《离骚集传》指出：「琼树之枝，折之以继续于己所佩，盖将诒人。」汪瑗《楚辞集解》指出：「谓采取玉树之枝，纫续以为佩饰，而诒神女，以通其好也。」

及荣华之未落兮，相下女之可诒。

吾令丰隆乘云兮，求宓妃之所在。
解佩纕以结言兮，吾令蹇修以为理。
纷总总其离合兮，忽纬繣其难迁。

注释

及：趁。

荣华：盛开的花。华，古字花。草本植物开的花叫荣，木本植物开的花叫华。汪瑗《楚辞集解》指出：『荣华，草木之英也。』王逸《楚辞章句》考辨说：『荣华，喻颜色也。』

落：凋落，枯萎。

相（xiàng象）：寻找、物色的意思。王逸《楚辞章句》分析说：『相，视也。』汪瑗《楚辞集解》指出：『相，审视也。』

下女：相对高丘而言，指下文的宓妃、佚女和二姚等人。蒋骥《山带阁注楚辞》指出：『下女，指下宓妃诸人，对高丘言，故曰下。』闻一多《楚辞解诂》认为：『下女者，为虑妃、简狄及有虞二姚，此皆人神，对帝宫高丘二天神言之，故曰下女耳。』

诒（yí仪）：同『贻』，赠给。王逸《楚辞章句》分析说：『诒，遗也。言己既修行仁义，冀得同志，愿及年德盛时，颜貌未老，视天下贤人，将持玉帛而聘遗之，与俱事君也。诒一作贻。』游国恩《离骚纂义》指出：『诒者，贻赠。本书屡见。』

丰隆：传说中的云神。王逸《楚辞章句》分析说：『丰隆，云师，一曰雷师。』蒋骥《山带阁注楚辞》指出：『丰

隆，云师。使之求者，以云行最疾也。』

宓（mì密）妃：传说中古帝伏羲之女，因溺死于洛水而成为洛神。王逸《楚辞章句》分析说：『宓妃，神女。言我令雷师丰隆乘云周行，求隐士清洁若宓妃者，欲与并心力也。』

所在：所居住的地方。汪瑗《楚辞集解》指出：『所在，所居也。』戴震《屈原赋注》指出：『所在，谓其地也。』

佩纕：佩带香囊。

结言：指订约。本句的意思是说把自己的佩作为订婚的信物。

蹇修：诗中虚构的人名，一说是楚人对媒人的专称。朱熹《楚辞集注》指出：『蹇修，人名。』汪瑗《楚辞集解》指出：『蹇修，博蹇好修之人。设为此名耳，盖媒妁之别名也。』戴震《屈原赋注》指出：『蹇修，媒之美称。』

理：媒，做媒的意思。王逸《楚辞章句》考辨说：『理，分理，述礼意也。言己既见宓妃，则解我佩带之玉结言语，使古贤蹇修而为媒理也。伏羲时敦朴，故使其臣也。』朱熹《楚辞集注》指出：『理，为媒以通词理也。』蒋骥《山带阁注楚辞》指出：『理，媒使也。』

纷总总：指宓妃情况迷乱、意思不明朗。王逸《楚辞章句》考辨说：『言蹇修既持其佩带通言，而逸人复相聚毁败，令其意一合一离，遂以乖戾而见距绝，言所居深僻难迁徙也。』蒋骥《山带阁注楚辞》指出：『神女之意，始犹离合未定。』

离合：忽离忽合，若即若离，捉摸不定。

纬繣（wěi huà伟画）：乖戾，不和合。王逸《楚辞章句》分析说：『纬繣，乖戾也。』

难迁：难以改变，转变。王逸《楚辞章句》分析说：『迁，徙也。』钱杲之《离骚集传》指出：『迁，变也。』

夕归次于穷石兮，朝濯发乎洧盘。
保厥美以骄傲兮，日康娱以淫游。
虽信美而无礼兮，来违弃而改求。
览相观于四极兮，周流乎天余乃下。

注释

次：停留，住宿。王逸《楚辞章句》分析说：「次，舍也。再宿为信，过信为次。」

穷石：神话中的地名。相传羿的国土在这里。本句暗指宓妃与后羿偷情。

濯（zhuó 浊）发：洗头发。濯，洗，洗涤，沐洗。

洧（wěi 伟）盘：神话中的河流名，发源于崦嵫山。王逸《楚辞章句》分析说：「洧盘，水名。《禹大传》曰，洧盘缀水出崦嵫山，言宓妃体好清洁，暮即归舍穷石之室，朝沐洧盘之水，遁世隐居不肯仕也。盘一作槃。」

保：持，依仗，依靠。

厥美：其美，指宓妃的美貌。厥，其。汪瑗《楚辞集解》指出：「保厥美谓宓妃自守其颜色之美也。」

骄傲：自高自大，瞧不起别人。王逸《楚辞章句》分析说：「倨简曰骄，侮慢曰傲。」

康：安康。王逸《楚辞章句》考辨说：「康，安也。言宓妃用志高远保守美德，骄敖侮慢，日自娱乐以游戏，无有事君之意也。」

淫游：肆意游乐。钱杲之《离骚集传》指出：「淫，犹恣也。」

信美：确实漂亮。

无礼：不合礼法，指宓妃骄傲淫游，不守规矩，行为不正。游国恩《离骚纂义》指出：「无礼，指骄傲淫游言。诸家多一位无事之君之礼，非是。」

来：语词，招呼从者之词。游国恩《离骚纂义》指出：「来者，犹云归去来也，与上文来吾道夫先路之来略异。」

违弃：违背初衷而抛弃。王逸《楚辞章句》分析说：「违，去也。」汪瑗《楚辞集解》指出：「违者，去其地也。弃者，舍其人也。」

改求：另找，另求别人。王逸《楚辞章句》分析说：「改，更也。言宓妃虽信有美德，傲骄无礼，不可与共事君。虽来复弃去，而更求贤良也。弃一作去。」朱熹《楚辞集注》指出：「言宓妃骄傲淫游，虽美丽不循礼法，故弃去而改求也。」因为宓妃虽然长得漂亮，但行为不端，与洛伯用、河伯冰夷、有穷后羿都有暧昧关系，所以要改求贤良。

览相观：三字同义，看的意思。王逸《楚辞章句》考辨说：「言我乃复往观四极，周流求贤，然后乃来下也。」汪瑗《楚辞集解》指出：「览，视之速也；相，视之神也；观，视之遍也。重言之也。」王船山《楚辞通释》说：「览也，相也，观也，重叠言者，明旁求之不止也。」

四极：四方极远的地方。一说为天四边的尽头。朱熹《楚辞集注》指出：「四极，四方极远之地。」游国恩《离骚纂义》指出：「此云四极，盖天之四极也。」

周流：周游，遍游，遍行。汪瑗《楚辞集解》指出：「周流，遍游也。天谓天上也；下谓世间也。前言扣帝阍、登阆风、游春宫，皆指天帝神女而言，故曰周流乎天也。周流乎天既无所得，而复下求于世，所谓上下求索是也。」

望瑶台之偃蹇兮，见有娀之佚女。
吾令鸩为媒兮，鸩告余以不好。
雄鸠之鸣逝兮，余犹恶其佻巧。
心犹豫而狐疑兮，欲自适而不可。

注释

瑶台：用美玉砌成的高台，指华丽的建筑。王逸《楚辞章句》分析说：「石次玉曰瑶。」

偃（yǎn演）蹇：高耸的样子。王逸《楚辞章句》分析说：「偃蹇，高貌。」游国恩《离骚纂义》指出：「偃蹇字本书屡见，下文何琼佩之偃蹇，注云，众盛貌。《九歌·东皇太一》，灵偃蹇兮姣服，注云，舞貌。此独以为高貌，盖亦各从其义尔。」

有娀（sōng嵩）：古代传说中的国名。王逸《楚辞章句》分析说：「有娀，国名。」

佚（yì益）女：美女，指有娀氏的女儿简狄。传说有娀国有两个美女都住在高台之上，年长的叫简狄，嫁给帝喾为妃，生契。契，为商朝始祖。王逸《楚辞章句》分析说：「佚，美也。谓帝喾之妃，契母简狄也。配圣帝，生贤子，以谕贞贤也。《诗》曰：有娀方将，帝立子生商。」《吕氏春秋》曰：「有娀氏有美女，为之高台而饮食之。言己望见瑶台高峻，睹有娀氏美女，思得与共事君也。」

鸩（zhèn振）：鸟名。传说其羽毛有毒，用其泡的酒可以毒死人。王逸《楚辞章句》分析说：「鸩，运日也。羽有毒，可杀人，以喻逸佞贼害人也。言我使鸩鸟为媒，以求简狄，其性逸贼，不可信用，还诈告我言不好也。」

以不好：那个美女不好。

雄鸠：鸟名，一种喜欢叫的鸟。这里用来形容媒人语多无意。王逸《楚辞章句》分析说：「其性轻佻巧利，多语言而无要实，复不可信用也。」

鸣逝：叫唤着飞去说媒。王逸《楚辞章句》分析说：「逝，往也。」钱杲之《离骚集传》指出：「鸣逝，鸣而逝也。」

恶（wù务）：厌恶，讨厌。

佻（tiāo挑）巧：轻薄花巧，轻浮不务实。王逸《楚辞章句》分析说：「佻，轻也。巧，利也。」

犹豫、狐疑：主意难定，疑惑不决。

适（shì示）：往，去到。王逸《楚辞章句》分析说：「适，往也。」

不可：无媒自往，不合礼法，所以不可以这样做。王逸《楚辞章句》分析说：「言己令鸩为媒，真心诡贼，以善为恶；又使雄鸠衔命而往，礼又不可，女当须媒，士必待介也。」

凤皇既受诒兮，恐高辛之先我。
欲远集而无所止兮，聊浮游以逍遥。
及少康之未家兮，留有虞之二姚。
理弱而媒拙兮，恐导言之不固。

注释

凤皇：即凤鸟，亦即玄鸟。郭沫若《屈原赋今译》认为：「《天问》篇「简狄在台诰何宜？玄鸟致诒女何嘉？」《九章·思美人》：「高辛之灵盛兮，遭玄鸟而致诒。」玄鸟致诒即凤皇受诒……知古代传说中玄鸟实是凤皇也。」闻一多《楚辞解诂》认为：『盖玄鸟即凤皇。……玄鸟者，燕也。』

受诒（yí 夷）：接受赠给的聘礼。意思是说凤凰既接受了高辛托付他送给简狄的聘礼。诒，通『贻』，作名词用，指馈赠的聘礼。『凤皇受诒』有两种不同的解释，一是凤皇受『高辛之诒』。朱熹《楚辞集注》指出：『凤皇又已受高辛之道而来求之，故恐简狄先为诒所得也。』一是凤皇『受我之诒』。王逸《楚辞章句》分析说：『言己既得贤智之士若凤皇，受礼遗将行，恐帝喾已先我得娀简狄也。』蒋骥《山带阁注楚辞》指出：『凤皇受诒，则既获良媒矣。而恐高辛玄鸟之诒，已在我先，又中辍也。』游国恩《离骚纂义》指出：『凤皇受诒，乃承上言鸩鸠即均不可托以行媒之任，自往又非礼之所宜，故复令凤皇受我之诒，而往求之。』

高辛：帝喾即位后的称号。王逸《楚辞章句》分析说：『高辛，帝喾有天下号也。《帝系》曰，高辛氏为帝喾。帝喾次妃有娀氏女生契。』

先我：先我娶到简狄。

集：停留、居住，本义是鸟栖息在树上。汪瑗《楚辞集解》指出：『远集犹言远去也。……或曰，集亦止也。』王逸《楚辞章句》分析说：『言己欲远集它国。』

无所止：无处可停靠，没有安身之地。汪瑗《楚辞集解》指出：『止，居也。初止曰集，既集曰止。群居曰集，久居曰止。』

浮游：飘荡、飘游、漫游。浮游逍遥即上文逍遥相羊的意思。王逸《楚辞章句》分析说：『言己既求简狄，复后高辛，欲远集它方，又无所之，故曰游戏观望以忘忧，用以自适也。』汪瑗《楚辞集解》指出：『浮游逍遥，皆优游自适之意。』游国恩《离骚纂义》指出：『盖此又承此言，有娀之佚女既不可求，遂又顾而之他，然以屡次图谋之不遂，觉前路茫茫，殆无托足之所，姑且上下浮游，徜徉自适而已。浮游逍遥，即上逍遥徜徉之意。』

少康：夏后相的儿子，夏代的中兴君主。王逸《楚辞章句》分析说：『少康，夏后相之子也。』

未家：未成家，没有妻室，即没有结婚。钱杲之《离骚集传》指出：『未家，未有室家也。少康未有家室，则二姚尚留，可得而求也。』汪瑗《楚辞集解》指出：『未家，犹未娶也。』

留：留在家中，指二姚尚未出嫁，可以求爱。汪瑗《楚辞集解》指出：『留者，屈原谓及少康之未娶，欲有虞留止二姚以待己也。』

有虞之二姚：有虞国国君姚思的两个公主。相传夏后相被寒浞所杀，少康逃到有虞国，有虞国君将两个女儿嫁给他，后少康灭了寒浞，恢复了夏的政权。有虞，上古国名，姚姓，舜的后代。二姚，指姚的两个女儿。王逸《楚辞章句》分析说：『有虞，国名，姚姓，舜后也。昔寒浞使浇杀夏后相，少康逃奔有虞，虞因妻以二女，而邑于纶……能布其德，以收夏众遂诛灭浇，夏禹之旧绩。』朱熹《楚辞集注》指出：『言既失简狄，欲适远方，又无所向，故愿及少康未娶于有虞之时，留此二姚也。』

理弱、媒拙：均指媒人口才笨拙。理、媒，均指媒人。王逸《楚辞章句》分析说：『弱，劣也。拙，钝也。』汪瑗《楚辞集解》指出：『理，媒之别名也。』

导言：指媒人传导双方的意见和信息。这里指传递自己心里的话。

不固：不可靠，不牢靠。汪瑗《楚辞集解》指出：『导言不固，盖媒理者，所以传达二家之言以成二姓之婚者也。』

今才质拙弱，则不长于言词，而不能固结二家之好合矣。或曰，不固谓媒理所导言词之不坚固，亦通。』游国恩《离骚纂义》指出：『导言不固者，谓媒理引导作合之言不能坚固也。固字对弱拙言，意谓媒理无精明强干之才，恐终难以成事也。』

世溷浊而嫉贤兮，好蔽美而称恶。
闺中既以邃远兮，哲王又不寤。
怀朕情而不发兮，余焉能忍与此终古？
索藑茅以筳篿兮，命灵氛为余占之。

注释

称：称扬，举。王逸《楚辞章句》分析说：『称，举也。再言世溷浊者，怀襄二世不明，故群下好蔽忠正之士，而举邪恶之人。』

闺中：旧时用来称少女的居室。王逸《楚辞章句》分析说：『小门谓之闺。』闺中特指女子住的房间。这里兼有双重意义，既是总指上述诸美女住处，又暗指楚宫廷。

邃（suì遂）远：深远，表示不可接近。王逸《楚辞章句》分析说：『邃，深也。』

哲王：贤明的君王。这里指楚王。王逸《楚辞章句》分析说：『哲，智也。』游国恩《离骚纂义》指出：『哲王当系指顷襄王。』

寤：通『悟』，觉悟，醒悟。王逸《楚辞章句》分析说：『寤，觉也。』

怀朕情：是『朕怀情』的倒装，意思是我满怀忠贞之情。

不发：无处抒发、表现。本句的意思是说自己的满腔忠贞之情无处倾诉。

焉能：怎么能，安能。

终古：终生，永远。王逸《楚辞章句》分析说：『言我怀忠信之情，不得发用，安能久与此暗乱之君，终古而居乎？欲复去也。』朱熹《楚辞集注》指出：『终古者，古之所修，谓来日之无穷也。』汪瑗《楚辞集解》指出：『所谓终古，是举已之终而言，犹曰终身云耳。言此恶欲不能与之终身常久而处也。』戴震《屈原赋注》指出：『哲王不遇，能与溷浊之世久居乎？』游国恩《离骚纂义》指出：『终古之义，即《涉江》所谓重昏而终身也。』

索：取，拿。王逸《楚辞章句》分析说：『索，取也。』

藑（qióng琼）茅：传说中的一种灵草，可以用来占卜。王逸《楚辞章句》分析说：『藑茅，灵草也。』游国恩《离骚纂义》指出：『藑茅……草卜之具也。』

以：与。戴震《屈原赋注》指出：『以犹与也，语之转。』

筳（tíng廷）：草茎，占卦用的草茎。王逸《楚辞章句》分析说：『筳，小折竹也。』

篿（tuán团）：圆形的竹器。古代一种占卜的名称。王逸《楚辞章句》分析说：『楚人名结草折竹以卜曰篿』。按，细审文义，篿似不宜作卜法。筳与篿是平行词，疑筳、篿都是竹类的卜具。上言藑茅，是指藑茅占卜的茅卜法；下言筳篿，似指用筳、篿之类竹类占卜的另一卜法。游国恩《离骚纂义》指出：『筳篿当是竹片之类，竹卜之具也。』

灵氛：传说中的神巫。楚人叫巫为灵，氛是名字。王逸《楚辞章句》分析说：『灵氛，古明占吉凶者。』汪瑗《楚辞集解》指出：『灵氛，巫祝之称，或古有是号，或楚俗之言，或屈子设为此名，今无所考也。此二句屈子自叙命占之词也。』游国恩《离骚纂义》指出：『灵氛亦犹女嬃蹇修之类，皆寓言人名。』

占（zhān 沾）：占卜，算卦。看卦兆判断吉凶福祸。

曰：『两美其必合兮，孰信修而慕之？
恖九州之博大兮，岂惟是其有女？』
曰：『勉远逝而无狐疑兮，孰求美而释女？
何所独无芳草兮，尔何怀乎故宇？』

注释

曰：说。主语是灵氛。汪瑗《楚辞集解》指出：『两美以下四句，盖占卜之兆词，灵氛述之以告屈子者。』有的认为主语是屈原，两美以下四句是问卜之词。按，此四句与下文意思一致，不像是问卜之词，应为灵氛占卜之兆词。

两美其必合：双方美好，指明君和贤臣。这里借男女双方结合，比喻君臣双方只要是贤的，必定会配合起来。朱熹《楚辞集注》指出：『两美，盖以男女俱美，比君臣俱贤也。』游国恩《离骚纂义》指出：『两美，指屈子与其所欲求之女而言。』

信修：真正美好，确实美好。与上文『信姱』『信芳』『信美』同义。

慕：莫念二字的误合。游国恩《离骚纂义》指出：『慕字疑当从闻一多说，为莫念二字之误合，与上文占为韵。二字意为两美必能相合，孰有能好修而人莫念之？』

恖：古同『思』。

九州：古代中国分为九州。这里泛指天下。

博大：宽广辽阔。博，大，广。

是：此，此地。这里指楚国。蒋骥《山带阁注楚辞》指出：『是，指楚言。』

有女：即有美女，屈原追求的对象，暗喻贤君。朱熹《楚辞集注》指出：『美女以比贤君。』

曰：主语仍是灵氛。洪兴祖《楚辞补注》认为：『再举灵氛之言也，甚言其可去也。』汪瑗《楚辞集解》指出：『曰勉远逝以下四句，此又灵氛因占兆之吉，复推其说，以劝屈子之词，而决其远游之志也。』王船山《楚辞通释》说：『再言曰者，卜人申释所占之义，谓原抱道怀才，求贤者自不能者。』蒋骥《山带阁注楚辞》指出：『再言曰者，叮咛之辞。』

勉：勉励，劝诫。

远逝：远走高飞。逝，往，去。

无狐疑：不要犹豫、不要迟疑。

求美：寻求美好的人。有的认为『求美』指追求美女。虽可以讲通，但不一定符合屈原的本义。『美』字含有美男美女两重意思。上文『两美必合』已明白指出男女都美即可结合。朱熹《楚辞集注》指出：『求美以比求贤夫。』所以这里的『美』，应指美男，即美好的人。

释女：放弃你、舍弃你、抛弃你。释，同『舍』，舍弃。女，通『汝』，指屈原。朱熹《楚辞集注》指出：『言天下之大，非独楚有美女，但当远逝而无疑，岂有美女求贤夫而舍汝者乎？』

何所：何处，什么地方。所，处。朱熹《楚辞集注》指出：『天子田猎之所也。』

芳草：比喻美女，暗喻贤君。朱熹《楚辞集注》指出：『何所独无芳草，即上章岂惟是有其女之意，又申言之而勉其行。』汪瑗《楚辞集解》指出：『芳草，比美女也。』

尔：你。汪瑗《楚辞集解》：『汝，尔皆灵氛，指屈原之词也。』

怀：迷恋，思恋。王逸《楚辞章句》：『怀，思也。』

故宇：故居，故地。这里指楚国。王逸《楚辞章句》分析说：『宇，居也。』汪瑗《楚辞集解》指出：『故宇，旧居也。』

世幽昧以眩曜兮，孰云察余之善恶？
民好恶其不同兮，惟此党人其独异！
户服艾以盈要兮，谓幽兰其不可佩。
览察草木其犹未得兮，岂珵美之能当？

注释

世：指楚国的现实。游国恩《离骚纂义》指出：『世者，盖谓屈子所居之世，即上所云故宇，非指楚国以外之世也。观前世并举而好朋，世溷浊而不分，及世溷浊而嫉贤，无一非指楚言者，可证此世字不当以举世等语解之。』

幽昧：昏暗，黑暗。与上文『路幽昧』意思大致相同。汪瑗《楚辞集解》指出：『幽昧言世人昏暗于中而不能信也。』

眩曜：惑乱，迷惑。本指日光强烈令人眼花，引申为眼花迷乱而看不清。王逸《楚辞章句》分析说：『眩曜，惑乱貌。』

此句与上文『世溷浊而不分』『世溷浊而嫉贤』意思大致相同。

余：我们，咱们。灵氛站在屈原一边说话的语气，与上文『孰云察之中情』的『余』相同。游国恩《离骚纂义》指出：

『余者，灵氛代屈子自称也。……盖灵氛既劝其远逝无疑，因言楚国之上下昏暗。无有察其善恶者，正告以无可留之理也。』

民：人，人们，指一般人。王逸《楚辞章句》分析说：『言天下万民。』

好恶：爱好，憎恶，等于说爱憎。

独异：与众不同。朱熹《楚辞集注》指出：『言人性固有不同，而党人为尤甚为。』钱杲之《离骚集传》指出：『凡民好恶不同，容有与我合者，唯此小人，相为朋党独异于众。』蒋骥《山带阁注楚辞》指出：『然其好恶，容或不齐，未有如楚人之举国相似，独异于民也。』

户：家家户户，指小人、党人们。

服艾：佩带艾草。服，佩带。艾草，屈原心目中的恶草。钱杲之《离骚集传》指出：『服，犹佩也。户服，家家佩服之也。』艾，野艾，艾草，有怪味。

盈要：插满腰间。盈，满。王逸《楚辞章句》分析说：『盈，满也。』要，同腰。

览察：视察，观察。王逸《楚辞章句》分析说：『察，视也。』

未得：不能得出正确的结论。即良莠不辨。

珵：玉器、美玉。王逸《楚辞章句》分析说：『珵，美玉也。』

当：鉴别，指识其价值是否恰当，与上句『得』字相对。王逸《楚辞章句》分析说：『言时人无能知臧否，观众草尚不能别其香臭，岂知玉之美恶乎？』游国恩《离骚纂义》指出：『二句若谓，览察草木犹未得其当，览察美玉岂能得其当乎？当犹宜也。』

苏粪壤帏充祎兮，谓申椒其不芳。
欲从灵氛之吉占兮，心犹豫而狐疑。
巫咸将夕降兮，怀椒糈而要之。
百神翳其备降兮，九疑缤其并迎。

注释

苏：取，拿。王逸《楚辞章句》分析说：「苏，取也。」洪兴祖《楚辞补注》认为：「苏，取草也。」戴震《屈原赋注》指出：「苏，索也。」

粪壤：粪土。王逸《楚辞章句》分析说：「壤，土也。」

充：装满，充满。王逸《楚辞章句》分析说：「充，犹满也。」

帏：香囊、香袋。王逸《楚辞章句》分析说：「帏，谓之幐。幐，香囊也。」帏与祎同。有的认为帏指单帐，恐不妥。

吉占：吉利的好卦，吉祥的卦兆。

巫咸：传说中的古代神巫，名咸。王逸《楚辞章句》分析说：「巫咸，古神巫也，当殷中宗之世。」王船山《楚辞通释》说：「巫咸，神巫之通称，楚俗尚鬼，巫或降神，神附于巫而传语焉。」按，巫咸与灵氛，都是神巫的通称，是屈原假托的人物，借以传达自己的思想感情。

夕降：晚上从天而降。降，降神。祀神一般都在晚上，故称「夕降」。王逸《楚辞章句》分析说：「降，下也。言巫咸将夕从天而下。」

怀：揣着，带着。

椒：泛指香物，如后世的香。降神时焚椒，表示虔诚、恭敬。王逸《楚辞章句》分析说：「椒，香物，所以享神。」

糈（xǔ许）：粘米，用作享神，等于祭品。王逸《楚辞章句》分析说：「糈，精米，所以享神。」

要：同邀，邀请，迎接祈求。王船山《楚辞通释》说：「要，迎也。」

百神：泛指天上诸神。汪瑗《楚辞集解》指出：「百神谓天之群神，百者，概言其数之盛也。」

翳：遮蔽，遮盖，形容百神遮天蔽日自天降临的盛况。王逸《楚辞章句》分析说：「翳，蔽也。」王船山《楚辞章句》指出：「翳，蔽空而下也。」

备降：一齐降临，一齐来到。汪瑗《楚辞集解》指出：「备降，犹言齐来也。」

九疑：指九疑山神。王逸《楚辞章句》分析说：「九疑之神。」钱杲之《离骚集传》指出：「九疑，九疑山之神也。」

缤：纷纷起来。王逸《楚辞章句》分析说：「缤，盛也。」

并迎：相迎，迎接。汪瑗《楚辞集解》指出：「并迎，犹言齐接也。谓天神来之盛，而已使土神接之盛也。」游国恩《离骚纂义》指出：「此二语词偶尔意近，……为九疑山神纷纷然以迎迓百神……」

皇剡剡其扬灵兮，告余以吉故。
曰：「勉升降以上下兮，求榘矱之所同。
汤禹严而求合兮，挚咎繇而能调。
苟中情其好修兮，又何必用夫行媒？

【注释】皇：同"煌"，光彩的意思。朱熹《楚辞集注》指出："皇即谓百神。"可备参考。

剡（yǎn演）剡：即闪闪。王逸《楚辞章句》分析说："剡剡，光貌。"汪瑗《楚辞集解》指出："剡剡，犹焰焰，辉光貌。"有人认为作仿佛解。王船山："剡剡犹冉冉，仿佛之貌。"游国恩："窃疑皇剡剡三字为一连绵词。皇剡剡者，即恍惚惚也。其例如上文之纷总总、斑陆离，及《悲回风》篇之穆眇眇、莽芒芒……殆承上文恍惚见神之降，形容其扬灵之状欤？"

扬灵：显示灵气。王逸《楚辞章句》分析说："扬其光灵。"王逸《楚辞章句》分析说："灵，精诚也。"

吉故：吉利的故事，美好的故事。这里指下文所述明君识贤臣的故事。

曰：主语是巫咸。

勉升降：努力追求。

上下：上下求索。洪兴祖《楚辞补注》认为："升降上下，犹所谓经营四荒、周流六漠耳。"朱熹《楚辞集注》指出："升降上下，升而上天，下而至地也。"钱杲之《离骚集传》指出："升降上下，谓周游列国，跋涉山水之劳也。"

榘矱（huò获）：量长短的工具，比喻准则。榘，同矩，画方形的工具。矱，量长短的工具。榘矱，即指法度。王逸《楚辞章句》分析说："榘，法也。矱，度也。"王船山《楚辞通释》说："矩，曲尺。矱，两截尺。屈伸以定度者，皆谓法也。"

汤禹：商汤大禹。

严：严肃认真，真心诚意。王船山《楚辞通释》说："严，敬也。谓敬贤以求一德也。"

求合：寻求志同道合的人。王逸《楚辞章句》分析说："合，匹也。"

挚（zhì直）：人名，即伊尹，商汤的贤相。王逸《楚辞章句》分析说："挚，伊尹名，汤臣也。"

咎繇（gāo yáo高摇）：即皋陶，传说是夏禹的贤臣。王逸《楚辞章句》分析说："咎繇，禹臣也。"

调：和谐，协调。这里指君臣和谐共处。王逸《楚辞章句》分析说："调，和也。"朱熹《楚辞集注》指出："言升降上下而求贤君，与我皆能合乎此法者，如汤之得伊尹，禹之得咎繇，始能调和而必合也。"钱杲之《离骚集传》指出："调，犹同也。汤禹俨然于上，求其配合，则伊尹咎繇能与同心。"游国恩《离骚纂义》指出："调谓登庸（按即选拔重用）之，言禹汤惟严敬以求合有德之士，故能选拔咎繇伊尹而用之也。"

苟：只要。

中情：内心真情。

用：因，凭借，借助。

行媒：请媒人。王逸《楚辞章句》分析说："行媒，喻左右之臣也。言诚能中心常好差，则精感神明，贤君自举用之，不必须左右荐达也。"朱熹《楚辞集注》指出："行媒，喻左右之先容也。"（按指事先为人介绍）钱杲之《离骚集传》指出："苟其君中情诚好美修洁，何必行媒，乃得贤士。"游国恩说："盖言士苟怀抱好修之德，必有如傅吕之遇丁文，不期而邂逅之，又何须媒理乎？"

说操筑于傅岩兮，武丁用而不疑。

吕望之鼓刀兮，遭周文而得举。
宁戚之讴歌兮，齐桓闻以该辅。
及年岁之未晏兮，时亦犹其未央。

注释

说：人名，即傅说，殷高宗武丁的贤相。王逸《楚辞章句》分析说：「说，傅说也。」

操筑：拿着捣土的木杵。操，操持，拿着。筑，版筑土墙用来捣土的木杵。洪兴祖《楚辞补注》认为：「筑，捣也。《孟子》曰，傅说举于版筑之间。」钱杲之说：「筑，筑土也。」汪瑗《楚辞集解》指出：「操，持也。筑，捣也。谓操杵筑土而为贱役也。」

傅岩：地名，傅说因此地名而得姓。在今山西平陆县东三十五里的地方。王逸《楚辞章句》分析说：「傅岩，地名。」

武丁：殷高宗的名字。《帝王世纪》说：武丁梦得贤臣，后在刑徒中发现傅说与梦中的贤臣形貌相符，便启用他为相，于是殷大治。王逸《楚辞章句》分析说：「武丁，殷之高宗也。言傅说抱怀道德，而遭遇于刑罚，操筑作于傅岩，武丁思想贤者，梦得圣人，以其形象求之，因得傅说，登以为公，道用大兴，为殷高宗也。《书》曰：高宗梦得说，使百工营求诸野，得诸傅岩，作《说命》，是佚篇也。」洪兴祖《楚辞补注》认为：「《史记》云：「说为胥靡，筑于傅险，见于武丁。武丁曰，是也。遂以傅险姓之，号曰傅说。险与岩同。」」游国恩《离骚纂义》指出：「傅说以胥靡而为武丁举用，虽未必信史，然证以古书，盖传说如此而无可疑也。」

不疑：不以出身低微而怀疑。汪瑗《楚辞集解》指出：「不以贱役为嫌也。」

吕望：本姓姜，即姜尚，俗称姜太公。因先代封邑在吕，所以又姓吕。王逸《楚辞章句》分析说：「吕，太公之氏姓也。

未遇之时鼓刀屠于朝歌也。」

鼓刀：鸣刀，摆弄屠刀发出响声。屠宰时敲击着刀有声，叫鼓刀，即指当屠户。传说姜太公曾在殷都当过宰牛的屠夫，后遇周文王而被重用为军师。

遭：遇。

周文：周文王姬昌。

得举：得到举用。汪瑗《楚辞集解》指出：「举，拔而用之也。」王逸《楚辞章句》分析说：「言太公避纣，居东海之滨，闻文王作兴，盍往归之，至朝歌，道穷困，自鼓刀而屠，遂西钓于渭滨，文王梦得圣人，于是出猎而见之，遂载以归，用以为师，言吾先公望子久矣。因号为太公望。或言周文王梦立令狐之津，太公在后，帝曰：昌，赐汝名师。文王再拜，太公梦亦如此。文王出田，见识所梦载与俱归，以为太师也。」

宁戚：人名，春秋时卫国的贤士，传说他贩牛到齐国，一天喂牛时见到齐桓公，便敲着牛角唱歌，倾诉怀才不遇，桓公与之交谈后知为贤人，而被重用为卿。王逸《楚辞章句》分析说：「宁戚，卫人。」

讴歌：指宁戚唱的贩牛歌。

齐桓：齐桓公，名小白，春秋时的齐国国王，五霸之一。

该辅：居于辅佐大臣的位置。该，备；辅，辅佐。王逸《楚辞章句》分析说：「该，备也。宁戚修德不用，退而商贾，宿齐东门外，桓公夜出，宁戚方饭牛，叩角而商歌，桓公闻之，知其贤，举用为客卿，备辅佐也。」

未晏：不晚，还年轻。王逸《楚辞章句》分析说：「晏，晚。」钱杲之《离骚集传》指出：「晏，暮也。未晏，年尚壮也。』游国恩《离骚纂义》指出：『年岁谓人寿，言及今年寿方壮，时光犹未艾也。又此仍巫咸之词。』

时：时光。与年岁相对而意近。汪瑗《楚辞集解》指出：『时即年岁，以其未来者而言也。』

犹其：其犹的倒文。

未央：未尽，还有大好的时光。王逸《楚辞章句》分析说：『央，尽也。言己所以汲汲欲辅佐君者，冀及年未晏晚，以成德化也。然年时亦尚未尽，冀若三贤之遭遇也。』钱杲之《离骚集传》指出：『央，中也，谓其时未过中，尚可有为。』汪瑗《楚辞集解》指出：『未央犹未已也。言将来之时光尚有余而不至于卒晏也。』

恐鹈鴂之先鸣兮，使夫百草为之不芳。

何琼佩之偃蹇兮，众薆然而蔽之。

惟此党人之不谅兮，恐嫉妒而折之。

时缤纷其变易兮，又何可以淹留？

注释

鹈鴂：鸟名，即杜鹃、子规，又叫伯劳，秋分前鸣叫，百草即要衰落。

先鸣：抢先鸣叫，提早鸣叫。朱熹《楚辞集注》指出：『巫咸之言止此，亦勉原使及此身未老，时未过而速行之意。鹈鴂先鸣，以此时一过，则事愈变而愈不可为也。』

不芳：花落香消。《汉书》颜师古注：『杜鹃，常以立夏鸣，鸣则众芳皆歇。』王逸《楚辞章句》考辨说：『言我恐鹈鴂以先春分鸣，使百草华英摧落，芬芳不得成也，以喻谗言先至，使忠直之士蒙罪过也。』

琼佩：即玉佩。这里比喻美德。王逸《楚辞章句》分析说：『佩琼玉，怀美德。』蒋骥《山带阁注楚辞》指出：『琼佩，根折琼枝以继佩言。』

偃蹇（yǎn jiǎn 眼检）：高耸而华美的样子。这里形容品性高洁不凡的样子。王逸《楚辞章句》分析说：『偃蹇，众盛貌。』钱杲之《离骚集传》指出：『偃蹇，高长貌。』游国恩《离骚纂义》指出：『盖偃蹇乃形容琼佩之盛，而党人乃薆然。』

薆（ài 爱）然：因遮掩而变暗。王逸《楚辞章句》分析说：『言我佩琼玉，怀美德，偃蹇而盛，众人薆然而蔽之，伤不得施用也。』

此党人：这帮小人。

不谅：不讲诚信，坏心眼多。谅，信实，诚信。王逸《楚辞章句》分析说：『谅，信。』汪瑗《楚辞集解》指出：『不谅谓不信已琼佩之美也。』王船山《楚辞通释》说：『不谅，险诈不可测也。』

恐：害怕。

折：摧残，损坏。王逸《楚辞章句》分析说：『言楚国之人，不尚忠信之行，共嫉妒我正直，必欲折挫而败毁之也。』王船山《楚辞通释》说：『折，伤也。』

缤纷：混乱的样子。汪瑗《楚辞集解》指出：『缤纷，乱之盛也。』

淹留：久留。王逸《楚辞章句》分析说：『言时世溷浊，善恶变易，不可以久留，宜速去也。』

兰芷变而不芳兮，荃蕙化而为茅。

何昔日之芳草兮，今直为此萧艾也？

岂其有他故兮，莫好修之害也！

余以兰为可恃兮，羌无实而容长。

注释

茅：茅草，贱草。比喻小人、众党人。王逸《楚辞章句》考辨说：「言兰芷之草，变易其体，而不复香，荃蕙化而为菅茅，失其本性也，以言君子更为小人，忠信更为佞伪也。」汪瑗《楚辞集解》指出：「二句参错，互文见意。本谓兰荃蕙变化而为茅草，不芬芳耳。指而斥之之词。」

直：简直。汪瑗《楚辞集解》指出：「直者，变易太甚之意。」

萧艾：均为蒿草名。这里比喻小人。萧，野蒿。艾，野艾。蒿类。王逸《楚辞章句》分析说：「言往昔芬芳之草，今皆直为萧艾而已，以言往日明智之士，今皆佯愚，狂惑不顾。」洪兴祖《楚辞补注》认为：「萧艾贱草，比喻不肖。」汪瑗《楚辞集解》指出：「萧艾，茅之丑也，所喻亦同。二句怪而叹之之词。」

他故：其他的原因。汪瑗《楚辞集解》指出：「他故，别由也。」

莫：不能、不肯的意思。汪瑗《楚辞集解》指出：「莫，犹不肯也。」游国恩《离骚纂义》指出：「莫，无也，不也，读如《诗》「莫我肯顾」，及《论语》「小子何莫学夫诗」之莫。」

害：祸害，弊病。王逸《楚辞章句》考辨说：「言士民所以变直为曲者，以上不好用忠正之人，害其善志之故。」汪瑗《楚辞集解》指出：「害，犹弊也。言时人始焉为君子，中焉而变易者，盖由于不肯爱自修洁，无志向上，其弊遂至于如此也。」游国恩《离骚纂义》指出：「莫好修之害，言不好修之害也。芳草变为萧艾，比喻昔之善类皆随时欲为转移，不能自固其守。下文所谓委厥美以从俗者也。夫兰芷荃蕙之所以变化者，岂有他故哉，亦此辈不肯好修之为害耳。……其实莫之为不，今南土方言犹然，何须增字解之。害犹病也，言若辈所以中途变节者，正坐此病耳。」

兰：指上文「滋兰」之兰。钱杲之《离骚集传》指出：「兰喻所收贤才也。」

可恃：可靠。王逸《楚辞章句》分析说：「恃，怙也。」汪瑗《楚辞集解》指出：「可恃，谓始而信其节之不改也。」

无实而容长：华而不实、外表好看。王逸《楚辞章句》分析说：「实，诚也。言我以司马子兰怀王之弟，应荐贤达能，可怙而进，不意内无诚信之实，但有长大之貌，浮华而已。」钱杲之《离骚集传》指出：「原初以兰为可恃，今乃无实，苟容长大，终不足恃。」游国恩《离骚纂义》指出：「原初云兰椒，决非指子兰子椒。盖承上文而反复申言之，即所谓昔日之芳草也。亦即首段所谓滋兰树蕙，冀其峻茂，以得时刈取者也。乃不久而兰芝变而不芳矣，荃惠化而为茅矣，与凡昔日所莳之芳草，今皆变为萧艾矣。此又即首段所谓众芳之芜秽也。故此曰兰不可恃，下乃连类以假椒、榝、揭车、江蓠等，以言昔所滋树之众也。……此屈子痛心于已往扶持善类之空劳，而又自悔无知人之藻鉴耳。若子兰辈之佞谄，屈子固早知之，尚何可恃之故。」

委厥美以从俗兮，苟得列乎众芳。

椒专佞以慢慆兮，榝又欲充夫佩帏。

既干进而务入兮，又何芳之能祗？

固时俗之流从兮，又孰能无变化？

注释

委厥美：抛弃其美质。委，抛弃，丢掉。厥，其，这里屈原用来指代自己。王逸《楚辞章句》分析说：「委，弃。」

从俗：从众、随大流。汪瑗《楚辞集解》指出：「从俗，谓趋世俗之所尚也。」

苟：苟且，暂且。汪瑗《楚辞集解》指出：「苟，聊且将就之意。」

众芳：犹如群芳。列乎众芳，排列在群芳之中。这是指兰而言，比喻那些伪君子。汪瑗《楚辞集解》指出：「众芳谓诸在位者，指缙绅之徒而言，非谓真美君子也。」游国恩《离骚纂义》指出：「苟得列乎众芳者，言兰之为兰，亦但苟且侪于群芳之林而已，无实故也。如必谓众芳为众贤之位，则不若以为倒句……言苟令能列于朝班，备位素餐，则不惜自弃其美，以从俗也。似亦可通。」王逸《楚辞章句》分析说：「言子兰弃其美质正直之性，随俗谄佞，苟欲列于众贤之位，无进贤之心也。」

椒：花椒。朱熹《楚辞集注》指出：「椒亦芳烈之物，而今亦变为邪佞。」钱杲之《离骚集传》指出：「椒榝亦香物，皆喻所收贤才也。」王逸以为指楚大夫子椒，可备一说。

专佞：专横谄媚。朱熹《楚辞集注》指出：「佞人所以应答人者，但以口取辩，而无情实。」汪瑗《楚辞集解》指出：「专者一于此而无他也，佞者词色之谄谀也。」

慢慆（tāo 涛）：傲惰淫泆，傲慢放浪。王逸《楚辞章句》分析说：「慆，淫也。」汪瑗《楚辞集解》指出：「慢者，容貌之傲惰也；慆者，惰性之淫泆也。」

榝（shā 杀）：草名，似茱萸，是屈原心中的恶草。游国恩《离骚纂义》指出：「椒与榝亦喻当日之稍有才德而变节者，二者平列，则榝亦非臭物可知。」

佩帏：有佩带的香囊。王逸《楚辞章句》分析说：「帏，盛香之囊，以喻亲近，言子椒为楚大夫，处兰芷之位，而行淫慢佞谀之志，又欲援引面从不贤之类，使居亲近，无有忧国之心，责之也。」王船山《楚辞通释》说：「帏，与帏同，佩囊也。」

干进：指钻营、往上爬的意思。王逸《楚辞章句》分析说：「干，求也。」汪瑗《楚辞集解》指出：「干者求之遍也。」

务入：意思与「干进」相同，也是钻营、往上爬的意思。汪瑗《楚辞集解》指出：「务者事之专也。」汪瑗《楚辞集解》指出：「将入曰进，既进曰入。干进务入，互文而重言之也。」王船山《楚辞通释》说：「入，迎合君心也。」干进务入引申为钻营门路，谋求禄位。

祇（zhī 之）：恭敬。王逸《楚辞章句》考辨说：「祇，敬也。言子椒苟欲自进，求入于君，身得爵禄而已，复何能敬爱贤人，而举用之也。」游国恩《离骚纂义》指出：「祇之言振……言昔日有才德者，今则以干进务入为事矣，尚何能振其固有之芳哉。」

流从：是「从流」的倒装，随波逐流的意思。王逸《楚辞章句》分析说：「言时世俗人随从上化，若水之流，二子复以谄谀之行，众人谁有不变节而从之者乎？疾之甚也。」游国恩《离骚纂义》指出：「流从，当依《文选》作从流。……盖以水为喻。此则言时俗之从恶如流耳。」

览椒兰其若兹兮，又况揭车与江离？
惟兹佩之可贵兮，委厥美而历兹。
芳菲菲而难亏兮，芬至今犹未沬。
和调度以自娱兮，聊浮游而求女。

注释

若兹：如此，像这样。王逸《楚辞章句》考辨说：「言观子椒子兰变志若此，况朝廷众臣，而不为佞媚以容其身耶！」

揭车、江离：香气次于椒兰的香草。朱熹《楚辞集注》指出：「揭车、江离，虽亦香草，然不若椒兰之盛，今椒兰既如此，则二者从可知矣。」

兹佩：此佩，比喻屈原自己的品德。

委厥美：保持它的美。委，积的意思，引申为保持。蒋骥《山带阁注楚辞》指出：「前言委厥美者，指兰自弃其美言；此言琼佩之美，为人所弃也。」可备一说。

历兹：至此，一直到如今。钱杲之《离骚集传》指出：「历兹，历至此时。」汪瑗《楚辞集解》指出：「委厥美而历兹，是屈子自言己有琼佩之美，而为党众薆然而蔽之，嫉妒而折之，其弃之一至于此也。」游国恩《离骚纂义》指出：「二语承众芳之易变，因言惟有己有操持甚固，磨涅不渝，故见弃于斯也。历兹与前段历兹同，犹言至斯困厄也。」

芳菲菲：芳香勃勃，形容香气很盛。王逸《楚辞章句》分析说：「菲菲，芳貌。」

亏：减弱，减少。

沬：通「昧」，消散的意思。与上句「亏」字互文意同。有的认为作已解，也通。王逸《楚辞章句》分析说：「沬，已也。言已所行纯美，芬芳勃勃，诚难亏歇，久而弥盛，至今尚未已也。」朱熹《楚辞集注》指出：「沬，昏暗也。言琼佩有可贵之质，而不能挟其美以取世资，委而弃之，以至于此，然其芬芳实不可得而减损昏暗，此原之自况也。」游国恩《离骚纂义》指出：「沬与昧，音义并同，从未不从末。」

和：指节奏和谐，协和。这里作动词用。和调度是使节度和谐。钱杲之《离骚集传》指出：「和，适中也。」

调度：指行走动作与玉佩的摆动协调，从而使玉佩相碰发出悦耳的声音，所以下面说「自娱」。调，指玉声铿锵言；度，指步伐匀称言。汪瑗《楚辞集解》指出：「调犹今人言格调之调，度犹今人言态度之度。」

自娱：自乐。汪瑗《楚辞集解》指出：「自娱，犹自乐也，人生各有所乐，而余独好修以为常也。」王逸《楚辞章句》考辨说：「言我虽不见用，犹和调己之行度，执守忠贞，以自娱乐，且徐徐浮游，以求同志也。」

求女：寻求美女。这里比喻求贤君。与上文「相下女之可诒」、「岂惟是其有女」之意相承，一再努力，周流上下，四方求女。朱熹《楚辞集注》指出：「浮游以求女，如前所言宓妃、佚女、二姚之属，意犹在于求君也。」蒋骥《山带阁注楚辞》指出：「求女，即求贤君也。」

及余饰之方壮兮，周流观乎上下。
灵氛既告余以吉占兮，历吉日乎吾将行。
折琼枝以为羞兮，精琼靡以为粻。

为余驾飞龙兮，杂瑶象以为车。

注释

及：趁着。与上文「及荣华之未落」，「及年岁之未晏」之「及」相同。

余饰：我的佩饰。

方壮：正当美盛之时。壮，美盛的意思。上文「不抚壮」之「壮」，指壮盛之年，这里的「壮」指佩饰之美，二者略有不同。洪兴祖《楚辞补注》认为：「高余冠之岌岌兮，长余佩之陆离，所谓余饰之方壮也。」汪瑗《楚辞集解》指出：「盖壮者盛大之意，谓余饰盛壮，芳霭之盛壮耳。」游国恩《离骚纂义》指出：「余饰方壮，自承佩饰芬芳而言。」

上下：指天地上下，即四处。王逸《楚辞章句》考辨说：「上谓君也，下谓臣也。言我愿及年德方壮之时，周流四方，观君臣之贤，欲往就之也。」朱熹《楚辞集注》指出：「周流上下，即灵氛所谓远逝、巫咸所谓升降上下也。」汪瑗《楚辞集解》指出：「此上下即前吾上下而求索，勉升降以上下之上下也。……谓或上或下而遍观以旁求之也。」游国恩《离骚纂义》指出：「此二句申言浮游求女之意，为下文远游张本。」

灵氛：说灵氛，实际也包括巫咸在内。洪兴祖《楚辞补注》认为：「灵氛告以吉占，百神告以吉故，而此独曰灵氛者，初疑灵氛之言，复要巫咸，巫咸与百神无异词，则灵氛之占诚吉矣。然原固未尝去也，设词以自宽耳。」汪瑗《楚辞集解》指出：「上既答巫咸以决去，而此则自念之词也。……独曰灵氛者，本其初也，不曰巫咸者，举灵氛以概巫咸也。」

吉占：占卜吉祥。指上面的占词「两美必合」「求榘矱所同」。蒋骥《山带阁注楚辞》指出：「吉占指两美必合言。」

历：选择。王逸《楚辞章句》分析说：「历善日……」朱熹《楚辞集注》指出：「历，遍数而实选也。」

将行：将要远行，想去而未去。汪瑗《楚辞集解》指出：「日将逝，盖欲去而尚未去也。」

羞：通「修」。腊肉，泛指腊菜。王逸《楚辞章句》分析说：「羞，脯。」

精：作动词用，精选、凿碎，精凿。王逸《楚辞章句》分析说：「精，凿也。」游国恩《离骚纂义》指出：「精与折相对为文，皆动词也。静之训凿，盖谓舂之使精耳。」

琼靡（mí 迷）：玉屑。靡，同「靡」。

粻（liáng 良）：粮，这里指干粮。王逸《楚辞章句》分析说：「粻，粮也。言我将行，乃折取琼枝，以为脯腊，精凿玉屑，以为储粮，饮食香洁，冀以延年也。」王船山《楚辞通释》说：「粻，干粮。以玉为粮。」

为余：给我，替我。汪瑗《楚辞集解》指出：「为余者，命左右侍者之词也。」

驾飞龙：驾飞龙拉的车，即叫飞龙驾车。飞龙即龙马。与上文「驷玉虬」句式相同。洪兴祖《楚辞补注》认为：「《易》曰，飞龙在天，许慎云，飞龙有翼。」

杂：兼用，杂用。朱熹《楚辞集注》指出：「杂用象玉，以饰其车也。」

瑶象：指美玉和象牙。王逸《楚辞章句》分析说：「象，象牙也。言我驾飞龙，乘明智之兽，象玉之车，文章杂错，以言己德似龙玉，而世莫之识也。」洪兴祖《楚辞补注》认为：「瑶，美玉也。言瑶象为车。」王船山《楚辞通释》说：「驾飞龙而乘象玉之辂，所以自劲高贵而殊于俗也。」

何离心之可同兮？吾将远逝以自疏。

邅吾道夫昆仑兮，路修远以周流。

扬云霓之晻蔼兮，鸣玉鸾之啾啾。
朝发轫于天津兮，夕余至乎西极。

【注释】

离心：与自己相离异的心，等于说离心离德。王逸《楚辞章句》分析说：「言贤愚异心，何可合同。」汪瑗《楚辞集解》指出：「离心如前好恶独异，不谅而嫉妒之事也。」游国恩《离骚纂义》指出：「离心当兼楚君臣上下言之。」

自疏：主动离开他们。王逸《楚辞章句》考辨说：「知君与己殊志，故将远去自疏，而流遁于世也。」朱熹《楚辞集注》指出：「自疏，则祸害不能相及矣。」汪瑗《楚辞集解》指出：「言党人之离心不可与同，将从吉占远游，而自疏远此辈，以别求矩矱之所同者也。」游国恩《离骚纂义》指出：「盖楚王亲邪远贤，故举世习为奸佞，其倾回者无论矣，而芳草亦变为萧艾焉，此真离心之不同者，故将远逝以自疏也。自疏云者，同姓之亲，义难去国，虽放流，犹冀君之一悟，召返故乡，亲亲之义也；乃今则已绝望矣，故欲从灵氛原有之占，以自疏于宗国也。」

邅（zhān 沾）：转向、转道的意思，楚地方言。王逸《楚辞章句》分析说：「邅，转也。楚人名转曰邅。」

昆仑：山名。神话传说中的仙山。王逸《楚辞章句》分析说：「《河图》、《括地象》言昆仑在西北，其高一万一千里，上有琼玉之树也。」戴震《屈原赋注》指出：「战国时言仙者，托之昆仑，多不经之说，篇内寓言及之，不必深求也。」

周流：即周游，四处游览。王逸《楚辞章句》分析说：「言已设去楚国远行，乃转至昆仑神明山，其路遥远，周流天下，以求其同志也。」

修远：遥远，漫长。

扬：扬起，举起。

云霓：指旌旗，即云霞。朱熹《楚辞集注》指出：「云霓，盖以为旌旗也。」

晻（yǎn 眼）蔼：遮天蔽日的样子。王逸《楚辞章句》分析说：「晻蔼，犹蓊郁，荫貌也。」

玉鸾：玉铃，挂在车上的铃铛，用玉制成，形状像鸾鸟，所以叫「玉鸾」。王逸《楚辞章句》分析说：「鸾，鸾鸟，以玉为之，著于衡，和著于轼。」汪瑗《楚辞集解》指出：「鸾者，乃车上之铃，以玉雕成，像鸾鸟之形象耳。」

啾啾：铃声，鸾铃的响声。王逸《楚辞章句》分析说：「啾啾，鸣声也。言已从昆仑将遂升天，披云霓之蓊郁，排逸佞之党群，鸣玉鸾之啾啾，而有节度也。」游国恩《离骚纂义》指出：「盖言神游之时，升于空际，拂云霓而振车铃也。」

天津：天河的渡口。银河又叫天河，有学者认为天河在天的东方，箕星与南斗星之间。天津又称汉津。王逸《楚辞章句》分析说：「天津，东极箕斗之间，汉津也。」

西极：西边的尽头。王逸《楚辞章句》考辨说：「言已朝发天之东津，万物所生。夕至地之西极，万物所成。动顺阴阳之道，且亟疾也。」汪瑗《楚辞集解》指出：「东极曰天津，西极日所入。言朝发东方，夕至西极，顺天道也。」钱杲之《离骚集传》指出：「西极，天之西也。」

凤皇翼其承旂兮，高翱翔之翼翼。
忽吾行此流沙兮，遵赤水而容与。
麾蛟龙使梁津兮，诏西皇使涉予。

路修远以多艰兮，腾众车使径待。

注释 翼：这里作动词用，指双翼张开。

承旂：用两翼承负云霞。承，承接，相接。旂，古代画着交叉龙形的旗帜。王逸《楚辞章句》分析说：「旂，旗也。画龙虎为旂也。」朱熹《楚辞集注》指出：「凡旂属皆建于车后也。」

翱翔：翅膀一上一下叫翱，张翅不动而飞叫翔，指在高空自由飞翔。

翼翼：作形容词，指飞翔的动作和美自如。王逸《楚辞章句》分析说：「翼翼，和貌。」朱熹《楚辞集注》指出：「翼翼，行列整治之状。」王船山《楚辞通释》说：「凤翼承旂，其翱翔自得之状。」游国恩《离骚纂义》指出：「盖上翼字谓翼然也，下翼字则闲暇自得之貌。本篇此等句法甚多，如飘风屯其相离，百神翳其备降，九疑缤其并迎，凡屯、翳、缤等字，并属状事状物之词……此言游神之时，凤鸟相随，翼然与己车旂相接，高飞翱翔、闲暇而自得也。上翼字与下翼字微有分别，而皆属虚义。……又此节言仪卫之盛，与前上征无以异……」

流沙：神话传说中指我国西北沙漠地带。流沙，是指沙流如水。王逸《楚辞章句》分析说：「流沙，沙流如水也。《尚书》曰「馀波入于流沙」。」洪兴祖：「《山海经》，流沙出钟山西行……张揖云，流沙，沙与水流行也。」

遵：循，沿着。王逸《楚辞章句》分析说：「遵，循也。」

赤水：神话中的水名，相传发源于昆仑山。王逸《楚辞章句》分析说：「赤水，出昆仑山。」

容与：犹豫不前状，缓行。蒋骥《山带阁注楚辞》指出：「容与，回翔貌。」游国恩《离骚纂义》指出：「容与即犹豫，以及夷犹，踌躇不前之意。」

麾：指挥。王逸《楚辞章句》分析说：「举手曰麾，或言以手教曰麾。」

蛟龙：古代传说中的一种动物。王逸《楚辞章句》分析说：「小曰蛟，大曰龙。蛟龙，水虫也。」洪兴祖《楚辞补注》认为：「《广雅》、《释鱼》曰，有鳞曰蛟龙。郭璞云，蛟似蛇，四足，小头，细颈，卵生，子如三斛瓮，能吞人，龙属也。」

使：使之，作为。一作以。

梁津：在水上架桥以渡。梁，桥，这里作动词用，架桥。津，渡，指从水面渡过。意思是在渡口架桥。

诏：命令。王逸《楚辞章句》说：「诏，告也。」

西皇：传说中的西方之神，即古帝少皞氏。王逸《楚辞章句》认为：「西皇，帝少皞也。」

涉予：渡我过去。王逸《楚辞章句》说：「涉，渡也。……予，一作余。」

腾：传，传令，传告。王逸解作过，钱杲之解作上奔，均不妥。

径待：在路旁等待。王逸《楚辞章句》指出：「待一作侍。」

路不周以左转兮，指西海以为期。

屯余车其千乘兮，齐玉轪而并驰。

驾八龙之婉婉兮，载云旗之委蛇。

抑志而弭节兮，神高驰之邈邈。

注释

路：经过，路过的意思。王逸《楚辞章句》指出：「当过不周山而右行。」

不周：即不周山，神话中的山名，相传在昆仑山的西北。王逸《楚辞章句》考辨说：「不周，山名，在昆仑山西北。」

左转：向左行。王逸《楚辞章句》说：「转，行也。」

西海：神话中的西方的海。洪兴祖《楚辞补注》认为：「不周在西北海之外，自右而之左，故曰指西海以为期也。」王船山《楚辞通释》说：「西海，西之极。」

为期：为目的地，指会合的目的地。王逸《楚辞章句》分析说：「期，会也。言己使语众车，我所行之道当过不周山而左行，俱会西海之上也。」汪瑗《楚辞集解》指出：「期者，约会之词。言与众车约会于西海之上也。」

屯：屯集，聚集。

乘：车乘，古代车辆的量词。四匹马拉一辆车为一乘。游国恩《离骚纂义》指出：「屯聚千乘言车从之盛。」

齐：排列整齐。洪兴祖《楚辞补注》认为：「齐，同也，言齐驱并进。」

玉軑（dài 带）：以玉装饰的车轮。軑，车轮，楚地方言。

龙：指飞龙。

婉婉：同「蜿蜿」，形容龙的身体在天空摆动的姿态，即龙在空中飞行时一伸一屈的样子。王逸《楚辞章句》说：「婉婉，龙貌。」钱杲之《离骚集传》指出：「婉婉，曲折貌。」蒋骥《山带阁注楚辞》指出：「婉婉，龙动貌。」

载：车载，车上。钱杲之《离骚集传》指出：「载，载旗于车也。」

云旗：云霓之旗。朱熹《楚辞集注》指出：「云旗，以云为旗也。」

委蛇（wēi yí 微宜）：又作逶迤，形容旌旗迎风招展的样子。王逸《楚辞章句》认为：「载云旗，委蛇而长也。」钱杲之《离骚集传》指出：「委蛇，委屈自得貌。」汪瑗《楚辞集解》考证说：「委蛇，犹飘扬，谓载之于车，车腾则动而飘扬也。此章极言车马之盛。」

抑志：控制自己的感情，定下心来。志，与「帜」通用。游国恩《离骚纂义》指出：「志，同帜也。抑志承云旗弥耳承八龙。……盖二语但言神游之际，或急或缓，今兹远逝，已至穷荒，故抑吾志，弥吾节，为之徐徐云尔。斯时也，神游物表，高驰乎冥邈之区，忽不自知其乐也。」

弭节：停鞭。这里指停车不进，按辔缓行。

神：思绪，神思。

高驰：高飞远驰。汪瑗《楚辞集解》指出：「高驰，谓远举之意。」

邈邈（miǎo 秒）：遥远而无边际的样子。王逸《楚辞章句》分析说：「言己虽乘云龙，犹自抑案，弥节徐行，高抗志行，邈邈而远，莫能逮及。」朱熹《楚辞集注》指出：「言虽按节徐行，然神忧高驰，邈邈而逾远，不可得而制也。」

奏《九歌》而舞《韶》兮，聊假日以媮乐。

陟升皇之赫戏兮，忽临睨夫旧乡。

仆夫悲余马怀兮，蜷局顾而不行。

乱曰：已矣哉！国无人莫我知兮，又何怀乎故都！

既莫足与为美政兮，吾将从彭咸之所居！

注释

九歌：古乐曲名。王逸《楚辞章句》指出：「九歌，九德之歌，禹乐也。」

韶：即九韶，传说是虞舜时期的舞乐。王逸《楚辞章句》说：「韶，九韶，舜乐也。」

假日：借大好时光，借用时日。假，同借。

媮（yú 于）乐：即愉快，欢乐。媮，同「愉」，义同乐。王逸《楚辞章句》指出：「不过其时，故佳日游戏媮乐而已。」洪兴祖《楚辞补注》认为：「颜师古云，此言遭遇幽厄，中心愁闷，假延日月，苟为娱乐耳。今俗犹言借日度时。……媮，乐也。」钱杲之：「媮同愉，悦也。」游国恩《离骚纂义》指出：「奏《歌》舞《韶》，假日媮乐，乃屈子自谓也……盖此但承上神志飞扬，因言借古乐为愉耳……」

陟（zhì 志）升：上升。陟，升。汪瑗《楚辞集解》认为：「陟亦升也。陟升重言之也。」游国恩《离骚纂义》指出：「陟升连词为义。」

皇：初升的太阳。王逸《楚辞章句》指出：「皇，皇天也。」王船山《楚辞通释》说：「皇，天也。」

赫戏：光明万丈。戏，同「曦」。王逸《楚辞章句》认为：「赫戏，光明貌。」王船山《楚辞通释》说：「戏，与曦同。赫戏，光明之盛也。」

临睨（nì 匿）：俯视，鸟瞰，朝下看。临，居高临下。睨，旁视。王逸《楚辞章句》说：「睨，视也。」朱熹《楚辞集注》指出：「睨，旁视也。」

旧乡：故乡，指楚国，指上文所说的凤皇、蛟龙。王逸《楚辞章句》说：「旧乡，楚国也。」

仆夫：仆人、车夫，御者，驾车的，指上文所说的凤皇、蛟龙。王逸《楚辞章句》说：「仆，御也。」

马：指飞龙。

怀：怀念，怀恋。王逸《楚辞章句》说：「怀，思也。」

蜷（quán 全）局：弯曲不伸的样子。王逸《楚辞章句》说：「蜷局，诘屈，不行貌。」

顧而不行：回顾流连而不肯前进。顾有流连的意思。王逸《楚辞章句》分析说：「屈原设去世离俗，周天帀地，意不忘旧乡，忽望见楚国，仆御悲感，我马思归，蜷局诘屈而不肯行，此终志不去，以词自见，以义自明也。」朱熹《楚辞集注》指出：「屈原托为此行，而终无所诣，周流上下，而卒反于楚焉，亦仁义至而义之尽也。」钱杲之：「顾而不行，盖不能忘楚。」

乱：古代乐曲结尾的齐奏合唱。从诗的结构看，这是全篇的尾声、结语。楚辞深受古代乐歌影响，不少篇章都有「乱」词。朱熹《楚辞集注》指出：「乱，乐之卒章也。」游国恩《离骚纂义》指出：「乱为乐节之名，亦有整治之意，故王逸注楚辞，韦昭注国语，并以总撮一篇之要为解。刘所谓归余总乱，乱以理篇者。」

已矣哉：罢了，算了吧。发端叹词，表示绝望。已，止、完、罢的意思。矣，哉，语词。王逸《楚辞章句》分析说：「已矣，绝望之词也。」朱熹《楚辞集注》指出：「已矣乎，叹其终不得而见之也。」

国无人：举国没有贤人。王逸《楚辞章句》说：「无人，谓无贤人也。」

莫我知：即莫知我。不了解我。本句用了「不」和「莫」两个否定词，意为加重语气，不能作肯定理解。王逸《楚辞章句》分析说：「屈原言，已矣，我独怀德不见用者，以楚国无有贤人知我忠信之故，自伤之词。」

故都：故乡，同旧乡，指楚国。王逸《楚辞章句》认为：『言众人无有知己，已复何为思故乡念楚国也。』

莫足与：没有人能与我一起推行。

美政：屈原心目中的理想政治。指屈原所倡导的举贤授能的政治主张和联齐抗秦的外交政策。游国恩《离骚纂义》指出：『美政当兼内外事而言。』

彭咸之所居：彭咸，相传为殷朝贤大夫，因君王不采纳其劝诫，而投河自尽。本句的意思是要效法彭咸投水自尽。王逸《楚辞章句》分析说：『言时世人君无道，不足与共行美德、施善政者，故我将自沈汨渊，从彭咸而居处也。』游国恩《离骚纂义》指出：『屈子效法彭咸而水死，二千年无异辞。西汉儒者若贾生，在史公前，莫过湘投书已有仄闻屈原自汨罗之语，则非始于《史记》本传可知……屈子自述之辞，一则曰知死不可让，愿勿爱兮（《怀沙》），再则曰，浮江淮而入海兮，从子胥而自适。望大河之洲诸兮，悲申徒之抗迹（《悲回风》），二贤并以忠谏水死，则屈子其时不但死志已决，而死法亦早已熟筹之矣。……屈子以哲王不寤，再窜湘南，不忍见宗国之亡，毅然投水以殉，此真舍生取义之大节；……顷襄之世，内政变革已无复可言；外事之急尤甚于内忧，而屈子深知合纵抗秦其望已绝，楚之亡可以立待，故决然自沉死也。悲夫！』

译文

我是远古帝王高阳氏的后代啊，
我业绩辉煌的先父叫伯庸。
寅年、寅月、寅日，
这个难得的日子，我来到了人间。

伟大的父亲看到我出生时的模样，
赐给我美好的名字：
本名取为正则，
表字取为灵均。
我既有内在的美质啊，
也有外表的俊容。
肩披着清香的江离和白芷，
把秋兰编织成佩带。
光阴似箭，我唯恐抓不住飞逝的时光，
岁月如流，我心中充满了担忧。
早晨去拔取山岭山的木兰啊，
傍晚我在水边采摘宿莽。
日月穿梭，来去匆匆，
春秋更替，变化有常。
想到草木的零落啊，
担心美人也会衰老。

为什么不趁年富力强抛弃恶政，
为什么不去改革原来的法度？
驾着千里马，纵横驰骋吧，
来吧！让我在前面开路。
追忆往昔，三代帝王德治美名扬，
群贤聚集在他们周围。
申椒、菌桂那样芬香清廉的人才都能参与其政，
哪里只是联络最优秀的个别蕙、芷之才呢？
那时候尧舜是多么的光明正大啊，
他们既遵循着正道，所以走对了治国之路。
为什么桀纣恣意妄为啊？
只因为他们走上了邪道，落到了走投无路的下场。
那些结党营私的人苟且安乐啊，
使国家走上了黑暗危险的道路。
难道是我害怕个人遭灾祸吗？
我是担心国家将要倾覆。

匆匆忙忙，在君王的前后奔走啊，
想赶上前代贤明君王的脚步。
君王啊，你体察不到我的一片忠心，
却反而听信谗言，无端发怒。
我本来知道忠言逆耳会招致灾祸，
但我强忍着苦衷，而不愿放弃！
我敢指苍天为证啊，
这些都是为了您——神圣的君王啊！
想当初，你与我有约定，
可是到后来你却反悔另谋他路。
我倒不是难以与你分别，
只是悲伤神圣的君王屡屡改变决定。
我已经栽培了很多亩兰草啊，
又种了百来亩蕙草。
我分块种了芍药和揭车草啊，
还套种了马蹄香和芳芷。

多么希望它们枝繁叶茂、花红叶绿，
等到了时候，我就可以收割了。
虽然花谢叶黄令人很是悲伤，
但最难过的还是这众多的芳草都变质了。
小人争相钻营，贪婪无厌，
还在孜孜以求！
他们对己宽恕，对人严苛，
心怀鬼胎，还嫉妒别人！
为追逐权势富贵而奔波，
并不是我心里所想做的啊。
我已经慢慢衰老了，
我担心的只是不能留下美好的名声。
早晨，我喝着木兰花的甘露啊，
傍晚，我以山菊花瓣作为饭菜。
只要我内心是真正地美好而清纯，
饥饿憔悴又有什么值得恐惧的？！

我采木兰的根须拴上白芷，
再串上薜荔带着露滴的花朵。
我用菌桂的嫩枝把蕙草连结在一起，
用胡绳搓成一根根又长又好的绳索。
我的穿戴是虔诚地效法古代的圣贤啊，
不是一般世俗之人所能穿戴。
尽管不合于当今的时尚，
但我是心甘情愿效仿彭咸的风范！
我声声长叹啊，擦干了心酸的泪，
可怜的人民，生活多灾多难！
我只是洁身自好就受累遭殃，
早上被斥责，晚上丢官。
他们攻击我像蕙草一样芳香高洁啊，
又指责我像白芷一般洁身自好。
这些都是我内心的钟爱啊，
即使要我死九次也不会改变！

只怨神圣的君王太荒唐啊，
终不能体察别人的心情。
你周围的女流之辈嫉妒我漂亮的容颜，
造谣诽谤说我淫荡！
世俗之人本来就工于心计、投机取巧，
违反了规矩而随意改变政令。
背弃了法则啊，随意歪曲，
竞相苟合取悦君王，却自以为这才是正道！
我苦闷忧伤，惆怅无边啊，
在这样的时代一个人穷困潦倒！
我宁愿快死而随水流逝，
也再不愿看到他们的丑态！
雄鹰不会与燕雀为伍啊，
这是千古不变的自然规律。
哪有圆孔能与方榫相合？
哪有异路人能在一起行走？

我强忍着委屈啊，
忍受罪过，把羞辱承担。
保持清白，为正义而死，
古代圣王莫不以此为重！
我懊悔选择道路时不曾细察，
踌躇不前啊，打算掉头往回走。
调转车头，依旧踏上原路，
趁着走错方向还不是太远！
溜我的马，在水边的芳草地，
把它赶到长满椒树的山丘，暂时休息。
我绝不想再跻身朝廷，免得遭人非议。
退居在田园，我打算穿起我当年的衣衫。
缝制翠绿的荷叶作上衣啊，
将洁白的莲花缀成下裳。
没有人理解我，这算不得什么，
只要我内心真正的纯洁芳香！

把我的帽子高高戴起啊，
把我长长的玉佩带系起！
芳藕虽然和淤泥杂糅在一起，
但美好的本质并未损坏！
蓦然回首啊，放眼眺望，
我要到遥远的地方四处观光。
穿戴起缤纷的盛装啊，
芳香阵阵，沁人心房！
人生各有自己的爱好啊，
我独爱美洁成了习惯。
纵使粉身碎骨也初衷不改，
我的心又岂会因为受惩罚而放弃追求！
我的姐姐女嬃为我着急忧虑啊，
她反反复复地责备告诫我！
她说：『鲧过于刚直而不顾性命啊，
到头来还不是被杀害在羽山的荒野。

你为什么这样忠言直谏又洁身自好啊，
让自己拥有这么多美好的节操？
那屋子里堆满了野花和杂草，
却只有你不愿意佩戴。
不能去挨家挨户解释原委啊，
又有谁能明白我们的本心。
世人都喜欢相互吹捧、结党营私，
你为何对我的话总是不听？』
我是遵循先圣的教诲而节制心中的情感啊，
可叹内心愤懑又遭此不幸。
渡过沅水、湘水，我继续往南走啊，
我要向虞舜重华把道理讲清：
夏帝启从天上取得《九辩》和《九歌》啊，
每日纵情歌舞享乐无度。
不居安思危而预防后患啊，
以致他的五个儿子发生内讧而失去故都！

后羿沉溺于游乐与打猎啊，
又爱好射杀一些大狐狸之类的野兽。
本来淫乱之辈就没有好结果啊，
他的国相寒浞将他杀害，还霸占了他的老婆。
寒浞的儿子寒浇自恃力大无比啊，
放纵情欲而不肯节制。
整日寻欢作乐得意忘形啊，
他的脑袋因此而被人砍掉！
夏桀荒淫经常违背正道啊，
终于遭到了国破家亡的下场。
殷纣王把忠良剁成肉酱啊，
商朝的统治也因此不能久长！
成汤和夏禹严明而谨慎啊，
周文王和周武王都讲究治国之道而没有过错。
他们都选举贤良任用能者啊，
就好像工匠遵守绳墨而没有偏颇。

老天爷对谁都公正无私啊，
见有德的人就给予抚持。
只有那德性高尚的圣王啊，
才能让他享有天下的疆土。
我历览古今成败的教训啊，
我观察着人生发展的究竟。
哪有不义之人会被信用啊，
哪有不善之事会被称赞。
虽然我面临着死亡的危险啊，
丝毫不后悔当初的志向。
不度量好凿眼就来塞榫头啊，
前辈的圣贤因此而被剁成肉酱。
我泣声不止啊烦恼忧伤，
感叹自己生不逢时。
拿柔软的蕙草擦干眼泪啊，
滚滚的热泪沾湿了我的衣裳。

我向先祖跪诉我的衷肠啊，
我得到了真理心里明亮。
驾着白龙马和凤车啊，
我乘着长风飞到茫茫九天之上。
早晨我从九嶷山的苍梧出发，
傍晚我就到达了昆仑山下。
本想在山上稍作停留啊，
怎奈夕阳西下暮色茫茫。
我命令给太阳驾车的羲和停鞭慢行啊，
别让太阳太快地到达崦嵫山那日落的地方。
前方的路途遥远又漫长啊，
我要上天入地追求理想。
我让白龙马在咸池边畅饮琼浆啊，
把马的辔头拴在了扶桑树上。
折下若木来挡住阳光啊，
我姑且逍遥地闲逛。

前有月神做向导啊，
后有风神紧紧跟上。
鸾鸟凤凰在前边为我警戒开路啊，
雷神却还说没有准备好。
我命令凤鸟振翅高飞啊，
要日以继夜不停飞翔。
那旋风聚合依附于车旁啊，
率领着彩虹前来恭迎。
彩虹在风中变化多端啊，
云霞闪闪发出五彩光芒。
我叫守门神打开天门啊，
他却斜倚着天门对我呆呆相望。
天色昏暗下来，夜幕将要降临啊，
我手拿着幽兰做的佩带久久不忍离开。
世道是这样浑浊，是非不分啊，
总喜欢遮蔽别人的美好而嫉妒相害。

清晨我将渡过昆仑山下的白水啊，
在昆仑山上的阆风岭拴马停留。
忽然回头举目四望我泪水滚滚流下，
可叹楚国的高丘竟没有美女。
忽然我游逛到春神的宫苑里啊，
折下琼树枝插在幽兰做的佩带上。
趁着这琼枝上的瑶花还未凋谢啊，
我要去下界送给心爱的姑娘。
我命令雷神丰隆驾起彩云啊，
去寻找宓妃的住处。
我解下佩带绑好求婚的书信啊，
我请蹇修去给我做信差。
宓妃情绪不定、若即若离啊，
我就知道事情难成。
晚上她回到穷石与后羿过夜啊，
清晨她在洧盘河边洗头。

宓妃仗着貌美而高傲无比啊，
终日在外游荡贪图欢娱。
虽貌美而不守礼节啊，
我要放弃她到别处寻求。
我仔细向四面八方眺望啊，
周游了天宇我又从天而降。
我看到那瑶台平地高耸啊，
看到有娀氏的美女。
我请鸩鸟去给我做媒啊，
鸩鸟却说那个美女不好。
那雄鸩能说会道又善于飞翔啊，
我想托它又觉得它过于轻佻。
我心中犹豫不定啊，
想亲自出面又觉得不好。
凤凰已经带着帝喾的聘礼走了，
我又想高辛帝喾的聘礼恐怕已经比我先到。

想要到远处又不知该去何处定居啊，
只好暂且四处游荡逍遥。
趁着夏少康还未成家啊，
赶快留下这有虞国的两个美女吧。
媒人软弱而又笨嘴拙舌，
能说成的希望也十分渺茫。
世上浑浊而又嫉妒贤良啊，
总喜欢掩盖别人的美德而宣传别人的缺点。
香闺中的美女既然难以接近啊，
圣哲的君王又不肯清醒觉悟。
满腔的忠贞之情无处倾诉啊，
我怎能忍耐到永久。
我找来灵草和细竹啊，
请求灵氛为我把卦来卜。
灵氛说：『只要双方真正美好必能结合啊，
看谁真正美好必然爱慕。

想想天下有九州之大啊，
怎会只有这里才有美女？』
还说：『劝你远走不要迟疑啊，
怎会有追求美好的人把你放弃。
天涯何处无芳草啊，
你又何必苦守在故地。
世道黑暗使人是非不分啊，
又有谁能明白我的情感。
人们的好恶本来就各不相同啊，
只是这帮小人更加怪异。
他们各个都把臭艾挂在腰间，
却反过来说幽兰不可佩戴。
对草木的好坏都分辨不清啊，
又怎能评价美玉。
用粪土填满囊袋啊，
反而怪申椒没有香气。』

本想听从灵氛的吉卦啊，
我却还是犹豫不决、心事重重。
听说巫咸将在今晚请神啊，
我带上香椒精米去迎接他。
诸神遮天蔽日般悠然齐降啊，
九嶷山上的众神纷纷相迎。
他们灵光闪闪显扬着灵气，
巫咸告诉了我一些好的古训。
他说：『应该努力上下求索啊，
才能找到情投意合的人。
成汤大禹诚心诚意地去找贤良啊，
得到伊尹、皋陶与他们一起治国。
只要内心真正美好善良，
又何必用媒人介绍。
傅说拿着木杵在傅岩垒墙，
殷王武丁毫不迟疑地用他做宰相。

姜太公吕望原是操刀杀牛的，
他遇到周文王而被奉为军师。
宁戚唱着歌喂牛啊，
齐桓公闻歌动情启用他做大臣。
趁着现在美好年华还在啊，
施展才华的好时光还未终结。
只怕杜鹃叫得太早啊，
令众草因此不再芳香。』
为什么这么美好的琼佩，
世俗之人要掩盖它的光芒。
一想到这帮小人的不讲信义啊，
我担心他们因嫉妒而把它毁坏。
世事纷乱而变化无常啊，
我又怎能在此地久留。
春兰和白芷一旦失去芬芳啊，
香茎和秋蕙也变成了丝茅。

为什么昔日的这些芳草香花啊，
如今却变成了荒蒿臭艾？
难道还有其他的缘故啊，
不喜爱美好的德操必然造成祸害。
我以为兰花是最可靠的啊，
谁知它华而不实徒有外表。
兰花抛弃美好本质去随波逐流啊，
它侥幸名列群芳却辱没了香花美草。
花椒专横傲慢无礼啊，
臭椒也妄想混进香草袋。
既然这么热心钻营不择手段，
又有谁能意志坚定保守节操。
本来随波逐流是世态时俗，
又有谁能够意志坚定不改变节操？
看花椒和兰花都变成这样啊，
那揭车和江蓠就更不必提了。

只有我这琼佩还最为可贵啊，
保持高洁却遭到如此不幸。
芳香飘逸而难以消散啊，
至今仍散发出芳馨。
我心平气和自我宽慰啊，
姑且漂游四方寻找我心中的淑女。
趁着我的佩饰还很盛美啊，
我要上天下地四处寻访。
灵氛既然已经告诉了我占得的吉卦，
我选个好日子准备出发。
折下玉树枝叶做成珍肴啊，
我舂好了玉屑作为干粮。
用飞龙马为我驾车啊，
车上的装饰有美玉和象牙。
离心离德的人怎么能合作啊，
我要远离他们保持自我的高洁。

把我的路线改向昆仑山方向啊，
路途遥远我要四处看看。
那飞扬的云彩遮住了阳光啊，
那车上的铃铛还响个不停。
清晨我从天河的渡口启程啊，
傍晚我来到了西方的极地。
凤凰展翅托着旌旗舞动啊，
在高空有节奏地上下翱翔。
忽然我又来到了沙流如水的地方啊，
沿着赤水逍遥彷徨。
我指挥着蛟龙在河上架起桥梁啊，
又命令西方之神将我渡到河的对岸。
路途遥远而又多艰难啊，
我传令众车在路旁等待。
路过不周山就向左转啊，
我要去那西海之地。

我集合了成千辆车啊，
排齐那镶玉的车轴并驾而行。
驾车的八条龙曲身前行啊，
车上的旌旗随风飘卷。
我控制自己的情绪停下马鞭啊，
精神却仍在高昂地自由驰骋。
奏着《九歌》，跳起《九韶》舞啊，
我权且借这美好的时光自娱自乐。
日出东方之上照得一片明亮啊，
忽然我瞧见了故乡。
车夫为我悲伤，马也留恋不行啊，
我转身回顾难以再往前走。
尾声：罢了吧！罢了吧！
国人无人理解我啊，
又何必苦苦地留恋故都？
既然无人能够与我同行美政啊，

我打算返回彭咸的居所。

评点 离骚是我国古代伟大的爱国主义诗人屈原（公元前342年——公元前277年，即生于楚宣王二十八年正月初七寅时，卒于楚顷襄王二十二年五月初五午时，享年65岁）的代表作，我国古典文学中最长的抒情诗。全诗共374句，共2477字，大约作于楚怀王二十五年（公元前304年，此年，屈原被迫离开郢都宫廷去汉水宣城、襄樊一带）至顷襄王元年（公元前299年，此年，屈原被逼迁居南楚）这五年之中。『离骚』二字有多重含义，据说有六十多种。主要有以下三种含义：一作遭忧，遭遇忧患。班固《汉书 离骚赞序》认为：『离，犹遭也；骚，忧也。明己遭忧作辞也。』二曰离忧、离愁，离别的忧愁。司马迁《史记 屈原列传》引淮南王刘安《离骚传》指出：『「离骚」者，犹「离忧」也』。王逸《楚辞章句》考辨说：『离，别也；骚，愁也。』三为牢骚，发泄不平之意。游国恩《离骚纂义》认为《楚辞 大招》篇中的劳商为离骚的转音，一事而异名，是楚地古曲名；同时离骚还有牢骚不平的意思。《离骚》全诗由两部分组成：第一部分，作者反复倾诉对楚国命运的关心，表达了他要求革新政治、与腐朽势力作斗争的强烈意志；第二部分，通过神游太空，表现了作者对理想的执着追求和理想破灭后的极端困惑。作者运用浪漫主义的写作手法，以美女香草的比喻，大量的神话传说和丰富的想象，使作品呈现出绚烂的文采和宏伟的结构，表达了崇高的爱国主义思想感情，在我国文学史上产生了深远的影响。王逸《楚辞章句》考辨说：『《离骚经》者，屈原之所作也。屈原与楚王同姓，仕于怀王，为三闾大夫。三闾之职，掌王族三姓，曰：昭、屈、景。屈原序其谱属，率其贤良，以厉国士。入则与王图议政事，决定嫌疑；出则监察群下，应对诸侯，谋行职修。王甚珍之。同列大夫上官、靳尚妒害其能，共谮毁之。王乃疏屈原。屈原执履忠贞，而被谗衰，忧心烦乱，不知所诉，乃作《离骚经》。离，别也；骚，愁也；经，径也。言以放逐离别，中心愁思，犹依道径，以风谏君也。故上述唐、虞、三后之制，下序桀纣羿浇之败，冀君觉悟，反于正道而还己也。是时，秦昭王使张仪谲诈怀王，令绝齐交。又使诱楚，请与俱会武关。遂胁与俱归，拘留不遣。卒客死于秦。其子襄王复用谗言，迁屈原于江南，而屈原放在草野，复作《九章》。援天引圣，以自证明。终不见省，不忍以清白久居浊世，遂赴汨渊，自沉而死。《离骚》之文，依《诗》取兴，引类譬谕。故善鸟香草以配忠贞；恶禽臭物以比谗佞；灵修美人以媲于君；宓妃佚女以譬贤臣；虬龙鸾凤以托君子；飘风云霓以为小人。其词温而雅，其义皎而朗。凡百君子，莫不慕其清高，嘉其文采，哀其不遇，而闵其志焉。』